街角怪談 噂箱

エブリスタ 編

竹書房文庫

目次

※本書は、小説投稿サイト〈エブリスタ〉にて発表された作品を編集し、一冊に纏めたものです。

カバーイラスト／ねこ助

街角怪談
噂箱

服の洗濯タグが変わったワケ

三石メガネ

買い物帰り、友達の美奈とカフェに寄った。

大通りの見える窓際のテーブル席だ。

「あー足疲れた」

「甘い物って癒されるよね」

フラペチーノをすする彼女の隣には、紙袋が三つも並んでいる。

私はといえば靴下しか買わなかった。なんとなく気に入る物がなかったし、服だって五年前のものでも気にせず着られるタイプだ。

「……そういえば美奈ってさ、服買うとき真っ先に裏側確認してるよね」

ふと先ほどのことを思い出した。縫製でも見ていたのだろうか。

「あー……タグ見てるんだ」

「え？　首元にあるでしょ？」

「そっちじゃなくて、洗濯の方法とか品番とかが書いてある方の大きいやつ。左側にあるでしょ」

なるほど洗濯方法が気になっていたのか、と私は納得した。

「確かに、ドライクリーニングオンリーだったら面倒くさいもんね」

「それもあるんだけどさ」

美奈はなぜか辺りを見回した。店内にはさほど客がいない。そのおかげかは分からないが、彼女は身を乗り出して話し始めた。

「……私、古いタグが嫌いなんだよね。洗濯表示が旧バージョンのやつ」

「え？　何それ」

「知らない？　この洗濯表示マークって、平成二十八年から新しくなったんだよ」

美奈がスマホで何かを調べ始めた。

「ほら、これ」

画面を私に向ける。表示されていたのは洗濯表示マークの一覧表だ。その服をどう扱えばいいのかが、アイコンのような分かりやすいイラストで描かれている。

「左の列が古いマークで、右の列が新しいマークなんだね」

古いものはマークの中に日本語が書かれているものもあり、分かりやすい。一方、新しいマークはまるで何かの暗号のようだ。

「古い方が分かりやすくない？　なんでわざわざチェックするくらい嫌いなの？」

「んー、ちょっとイヤな話を聞いちゃってさ」

「何？　どんなの？」

「どこから話せばいいのかな」

美奈はズルズルとフラペチーノを飲んだあと、真面目な顔でこう訊いてきた。

「……地図に存在しない村、って聞いたことある？」

「ない。それ本当の話？」

「なんか、いろんな事情で地図には載ってないけど存在する村ってのがいくつかあるらしいのよ」

「廃村とかじゃなくて？」

「そういうパターンもあるよ、杉沢村とかね。自殺未遂した人が集まってできた樹海村なんてのもある。だけど私が話したい村は、そういうのじゃなくて」

「なんて村？」

「名前はないみたい。でもこの話を教えてくれた人は『存在してはいけない村』って言ってた」

よく分からない。どのようにしてできた村なのだろう。

「限界集落とかでもなくて？」

「ううん、逆。その村は子供ばっかりなの」

「えっ？」

「大人になると消えちゃうの。その前に消えちゃう子もたくさんいる」

「消えるって、死ぬってこと？」

「死ぬともいえるし、永遠に生きるとも……」

雲をつかむような話だ。さっぱり分からない。

美奈自身説明に困っているらしく、難しい顔で首を傾げ、口を結んだ。

そして、しばらくしたのちにこう切り出す。

「……『居所不明児童』って知ってる？」

「キョショ？　何？」

今度は私が首をひねる番だった。すると、彼女は淡々と説明してくれた。

『居所不明児童』とは存在の確認できない子供のことだ。

住民票はあるのに、その子がどこにいるのか自治体は分かっていない。そういう子供が日本には意外とたくさんいる。

「しかも、これには穴があってね」

自治体が探してくれるのは「住民票はあるけれど所在が分からない子ども」だけだ。逆に言えば、住民票がなければ探さない。そして住民票は、自治体が「ここにはいない」と判断すれば「消除」される。

さらに。

運よく住民票が残っていたとしても、十六歳を超えたら放置される。探してもらえるのは義務教育までなのだ。累計すると、全国で万単位の子供たちが行方不明のまま放置されているともいわれている。

「……それ、日本の話？」

私は思わず訊いた。

「うん。この国の、今の話」

「信じらんない」

思わずつぶやいた。美奈は表情も変えずに、ガラス越しの大通りに目をやる。

「もしかしたらそこにも、生きていようが死んでいようが調べてすらもらえない子が歩いてるのかもね」

残酷な話だ。縋るように、温かいほうじ茶ラテを両手で包む。

そして、ふと思い至った。

「あ……じゃあもしかして、さっき言ってた『村』に住んでる子供たちって」

「そういうこと」

身体から力が抜ける。なんだか救われた気がした。

その村が『存在してはいけない村』と呼ばれるのも分かる。本来ならば行政の仕事なのだ。しかし現実問題としてそういう子供たちがいる以上、受け皿が必要になってくる。それが『村』として既に存在しているのがありがたい。

「子供だけでも暮らせてるのかな？」

私が訊くと、美奈はすぐに答えた。

「大人もいるし、村って言ってもそこまで人数多くないから」

「虐待とかは……」

「殴ったりなんか絶対しないよ。ご飯だって栄養バランス考えてちゃんと作ってると思う」

「そうなんだ」

「それで、服がね……持ち込まれた個人の服でも、タグだけは必ず新品のオリジナルをつけるんだって」

「ちゃんとしてもらってるんだね」

相槌を打ってから考え直す。

「って、何それ。オリジナルのタグ？」

「首の方じゃなくて、さっき私が言った洗濯表示マークが書いてある方ね」

美奈がスマホに視線を落とす。ボタンを押すと、洗濯表示マークの一覧表が再び映し出された。

「なんでそんなのオリジナルで作るの？　特殊な洗い方でもしたりとか？」

「そんなわけないじゃん。むしろ服なんてみんな一緒くたに洗濯しちゃうよ。洗濯表示タグと一緒に名前タグもつけるから、乾いたらそれ見て仕分けるくらいかな」

苦笑する美奈を見ながら首をひねる。

「じゃあなんで？」

私が訊くと、美奈は視線を左右に動かした。

まただ。よほど周囲の目が気になるのか。

「……あのさ。なんで居所不明児童って、行政がもっとガンガン助けないか分かる？」

「うーん、分かんない」

「法律の整備とかもあるよ。人手不足もあると思う。だけど結局、お金だよね。子供ら助けて儲かるなら、人手だって集まるしみんな注目する。いい意味で注目されるなら政治家は大抵のことはやるよ。児相と警察の連携だって強化させる。児相自体に強制力をあげても良いし」

でもね、と美奈は続ける。

「結局そうはならない。老人は票になるけど、子供は票にも金にもならない」

話の行く末が分からない。だからこそ、善意の民間団体が村を作ったのではないのか。

混乱していると、ここまでは行政の話ね、と美奈が区切った。

「だから村ができたんだ。……やっぱり、子供は金になるんだよ」

無意識に身を引いた。

嫌な予感がする。

「村で付けられた洗濯タグには全部、裏の意味があるんだって。水洗いオッケーなら、その子は健康体でどこでも使えますよって意味。バツが付いてるなら、使えない臓器があるってこと。

一度腎臓なんかを取り出した経験のある子ならアイロンは低温限定。ドライクリーニングオンリーだったら、内臓系は駄目だけど骨や角膜や皮膚なら使えるってこと」

『使える』……。

何にかは聞かなくても分かる。これは臓器売買だ。

村は救いなどではなかった。

子供たちは、ただの臓器バッグとしか見られていない。

「しかも、タグに書いてある品番は偽物で、本当は個体識別番号らしいよ。細かい情報をデータ管理してるんだって。牛の耳にもついてるよね、あれと同じ感じで」

テレビで見た牧場を思い出す。

両耳に黄色いタグをつけた肉牛が、次のシーンではパック詰めされてスーパーに並んでいた。貼られた値札の端には、あのタグに書かれていた個体識別番号が記載されている。

さすがに人間に耳タグはつけられないから、代替案ということか。名前タグと洗濯タグがセットで付けられた服を洗濯するたび、どの子が使えるかチェックしているのだろうか？

「警察は動かないの……？」

「まず捜索願いを出す人がいないからね。いなくなっても誰も探さない、気づきすらしない。国も大人も保護してない子。村の管理者だって、そういうのを見越してる。しかも顧客は、長生きしたい権力者や若い皮膚が欲しいセレブでしょ」

「いくら金持ちだって隠し切れないよ。村なんでしょ？」

そこそこの規模があるはずだ。航空写真で居場所を突き止めることはできないのだろうか。

「もし見つかったって、証拠を押さえられなきゃ逮捕できないじゃん。そのために洗濯タグ使ってるんだから」

「でも、実際に子供が売られていなくなってるんでしょ？」

「もともとが訳ありの子ばっかりだからね。ある日突然フラッといなくなった、って言われても不自然じゃない」

「それにしたって……お金にならないはずの子供ばっかりの村が成り立つなんて変だって、誰も気づかないの？」

「管理側がどう言い訳するかは想像できるよ。『可哀想な子供たちを支援したいと、善意ある富裕層から多くの寄付をいただきました』」

そしてその金持ちに関しては「プライバシー保護の観点から個人情報の公開はできません」と続くのだろう。

まるで底なし沼だ。

これではもう、実際に子供たちが殺されるところを押さえるしか術がない。そして『村』側は、そんなヘマを犯すわけがない。

「……みんな、逃げないの？」

「逃げる気ない子がほとんどじゃないかな。殴られたり盗んだり身体売らされたりしないで、あったかい部屋とご飯と大人が手に入るんだもん。教育に力入れてるとも思えないから、遊ぶ時間も多いだろうし。どんな檻より強力だよ」

「でも、友達がときどきいなくなって帰ってこなくなるんだよ？　おかしいって思わないの？」

「まともな家庭で育ってればね。だけど、そういう子らにとっては珍しいことじゃないよ。分かるでしょ？」

返す言葉が見つからない。

不安定で先の見えない日々を送ってきた彼らにとって、村は拠り所だったのではないか。それが罠だと知ったとき、どれほど絶望しただろう。

それとも……もしかして、知るより先に捌かれてしまうのか。

「深刻な顔しすぎ」

美奈が眉を上げる。

「まあ、中には脱走できた子だっているかもね。それがいいのか悪いのか分かんないけど」

「良いことだよ！　逃げられるに越したことないじゃん」

「だって、さっき言ったでしょ？　そこでは前の洗濯表示タグが使われてるって」

あ、と私は思い出す。

美奈が服を買うときに、必ずタグをチェックしていたことを。

「もしたまたま自分が脱走した子と似てたら、自分が間違えて連れてかれるかもとか思わない？　そんなとき、古い洗濯表示タグの服を着てたとしたら」

「まさか、そんな偶然……」

「でもあり得ない話じゃないでしょ？」

可能性は低い。

低いけれど、ゼロではない。

「洗濯表示マークが新しくなったのも、その可能性があるからじゃないかなって思うんだ。表向きに言ってる『海外と同じものに統一するため』ってのもあるだろうけどさ。もう一つの大きな理由に『村の存在を認めつつも壊滅できないから、とりあえず無関係な一般市民を守るため』ってのもある気がするんだよね」

むしろ壊滅する気はないのではないか、と私は考える。さきほど美奈が言っていたではないか。様々な権力者が、この村の恩恵にあずかっていると。

途端、身体がぞわぞわとしてきた。ひどく落ち着かない。

この服はどうだろうか。

いつ買ったものだっただろうか？

「だから、新しいタグかチェックせずにはいられないんだよねー。もし私がいなくなったら村まで探しに来て？　なーんて」

私とは対照的な笑顔で、美奈は明るく茶化すように言った。

「あくまでも都市伝説だからね。ホントかどうかは知らない。でも、結構面白かったでしょ?」

ほうじ茶ラテはすっかり冷めきっている。

たとえ温かかったとしても飲む気は失せていただろう。

先ほどからもやもやと、ひとつの疑問が胸中に浮かんでいた。

……どうして美奈は、こんなにも詳しく知っていたのだろうか。

赤色の絆創膏

砂神桐

幼い頃から野球が好きで、小学校時代はむろん、中学に入学しても当然のように野球部に入部した。

でもそこにとても嫌な先輩がいた。

後輩をしごくのが趣味みたいな奴で、『練習』と言い張って無茶な要求を押しつけてくる。

朝練の前に校庭を百周走れとか、取れないような速度のノックを捕球しろとか、やらせることは無茶だらけだ。

でもその先輩はやたらと口が上手くて、言いくるめられた先生や他の上級生達は、いじめ同然のしごきを『熱意ある指導』と信じ切っているから、誰に何を訴えても俺達の声は聞き入れてもらえない。

そんな状況だから一人、また一人と同級生が部を去る。残った俺達も、いっそ学校の野球部を辞めて、どこかのリトルリーグに入ろうかと話すようになった頃、買い足すように命じられた備品の整理中に、一箱丸ごと赤色の絆創膏が入っている箱を見つけた。

以前何かで、食品の製造工場では商品の中に異物が混入してしまった時、それを見分けやすいよう、手袋や絆創膏はあえて青い物を使用していると聞いたことがある。だけど赤色の物があるなんて初耳だ……いや、正確には初めて聞いた訳ではない。

赤色の絆創膏。その話は以前聞いたことがある。

「これって、もしかして噂のアレか？」

仲間の一人が絆創膏を手に取り、恐る恐る眺めながらつぶやく。

先月、しごきに耐え切れずに部を止めた同級生が、ネットで見かけたと言っていた話が記憶に甦る。

絆創膏はたいてい、あまり目立たぬよう肌色をしている物なのに、何故か稀に、赤い色の絆創膏だけが詰まった品が売られていることがある。

箱は他の物と変わらないのに、中身は、外側の包装紙も絆創膏自体も、剥離紙さえ全部真っ赤な色をした絆創膏。普通に使えばごく当たり前の絆創膏だけれど、この品は、使用時に誰かの顔を思い浮かべると、どういう訳か、相手の体の同じ場所に同じ大きさや深さの傷ができるという。

ただしその傷は、自分の身体に貼りつけた絆創膏が勝手に剥がれ落ちるまでは絶対出現しないらしい。

「そんな話、ある訳ないよなぁ」

絆創膏を手にした奴が口にする言葉に、みんな笑ってうなずいた。

たかが赤色をしているだけの絆創膏。それを貼ったからといって、他の誰かに同じ傷ができるなんてありえない。いやそもそも、自分の傷が誰かに移るというのなら、怪我を早く治したいとか、なんなら人に痛みを押しつけてしまおうという気持ちが湧いて、よくないと知りながら使ってしまうこともあるかもしれないが、噂の絆創膏はそういう品ではない。自分の傷が癒される訳でもないのに誰かに同じ痛みを味わわせるという、かなり陰湿な道具なのだ。

「怪我が治るならまだしも、誰かに痛い思いをさせるだけの物なんて、使う訳ない……」

途中まで言いかけ、同級生は言葉を途切れさせた。でもその場にいた全員が、そいつが何を考えたのかを理解していた。

自分と同じレベルの怪我をあの先輩に負わせる。

絆創膏で何とかなる程度。だとしても傷は傷。憎たらしい誰かに少しでも痛い思いをさせられるならこんなに胸のすくことはない。

以心伝心で『誰か試してみろよ』という空気がはびこる。でも誰一人として自分が試すとは言い出さない。

本当にそんなことが実現するのか。根本では誰も信じてないから、誰も試してみようと言い出さないのだ。

多分、このままこの話題を放置しておけば、みんな、目の前に赤い絆創膏があっても噂のことは忘れただろう。

でも俺は好奇心が勝った。

立候補する奴がいないならと、赤い絆創膏を受け取る。そして、みんなの目の前で、今日膝小僧にできたばかりの擦り傷の上にそれを貼った。

無茶すぎるノックの球を受けてできた傷。俺の怪我が治る訳ではないけれど、もしこれと同じような怪我をあの先輩がするなら万々歳だ。

「とりあえず、本当にこれと同じくらいの怪我をするのか、様子を見てみよう」

俺の提案にみんながうなずき、俺達は、先輩達が噂を知っている可能性もあるので、赤い絆創膏を俺が預かる形で部室を後にした。

家に帰って風呂に入る。湯船に浸かると膝の怪我がじくんと痛んだが、絆創膏が剥がれそうになるということはまるでない。

普通の絆創膏より粘着力が強い物を特別に赤色で作っていて、それがたまたま普通の箱に梱包されてしまったのか、それともあの噂通り、怪我が治るまでは剥がれないという代物なのか。

このくらいの傷なら数日あればだいたい治る。噂が事実かどうか確認できるのはその先だ。

目立つ色の絆創膏だが、場所が膝なので、制服にしろユニフォームにしろズボンで隠れて外からは見えない。俺が怪しげな噂の品を貼っていることは、着替えの時に見られない限りは先輩にバレることはない。

その着替えも、一年生が部室に戻るのはグラウンドの整備や道具の片づけなどをしてからだから、上級生達は部室の戸締りを言いつけて帰って行った後なので、同級生以外に絆創膏を見られる心配は皆無だ。

「絆創膏、剥がれた？」

「いや、まだ」

「本当に、お前の怪我と同じ怪我がアイツの膝にできるのかな？」

「できると面白いのにな」

みんなが俺の絆創膏を眺めて言う。もちろん俺も気持ちは同じだ。

この絆創膏が剥がれた時、あの嫌な先輩は本当に同程度の怪我をするのだろうか。

やましい期待を抱えて四日。朝の着替えの時、俺の絆創膏はついに剥がれた。

数日にぶりに剥き出しになった膝小僧には何の傷跡もなかった。

いつもなら多少なりともかさぶたや怪我の痕跡が残っているのに、肌は怪我をしたことなどなかったかのようにつるりとしている。

これもこの絆創膏の特殊な力のせいなのか？　だとしたら、あの先輩の膝には俺が負った程度の傷ができている？

ひたすらわくわくしながら朝練に向かい、同級生達に絆創膏が剥がれた旨を伝える。するとみんな、俺同様に期待に満ち満ちた顔をしたけれど、残念ながら例の先輩は朝練をさぼったあげく、放課後も遅れてきたため、長ズボンの下に傷があるかどうかを確認することはできなかった。

一年であの先輩と仲がいい奴なんて一人もいないし、他の、少しは話の通じる先輩達が相手でも、わざわざ例の先輩が怪我をしているかどうかなんて聞くことはできない。

結局噂の真偽は確かめられず、帰りの部室内で俺達は、今度は見える位置に絆創膏を貼って確かめてみようと提案し合った。

「けど、大丈夫かな。アイツ、普通の絆創膏でも、わざとらしく怪我してるアピールするなとか言うじゃん」

「赤色、目立つもんなー」

怪我をしたら絆創膏を貼るのはごく当たり前のことなのに、相手はそれにまで文句をつけるような奴だ。でも今回の俺のように、隠れた位置では噂の真偽は確かめられない。

今日はとりたてて怪我をした奴はいないので、明日以降、文句を言われるのは覚悟の上で、確実に見える位置に怪我をした奴が絆創膏を貼る。それが誰になっても恨みっこなし。

話をそうまとめた数日後、仲間の一人が無理なノックに飛びつかされたせいで手に怪我をした。

「あー。俺かぁ」

さも渋々といった様子で、肘の近くにできた傷に絆創膏を貼る。

「これ、かなり目立つな」

「絶対文句言われそう」

そんなふうにみんなで予想し合ったとおり、翌日から、さっそくあの先輩が嫌味全開でそいつをいびり出した。

噂のことは知らないようで、それだけは不幸中の幸いだったけれど、わざとらしいとか変な色の絆創膏を使うなとかさんざんいちゃもんを口にして、少しでも庇おうものなら今度は庇った奴に災難が飛び火する。

そんな状態だったけれど、我慢に我慢を重ねた同級生が、やっと絆創膏が剥がれたと嬉しそうに言った次の日、あの先輩が、同級生とまったく同じ位置に怪我をしたのだ。

噂は本当だった。この絆創膏は、本当に、人に自分と同じ怪我を負わせることができる代物だ。

「アイツの怪我、絶対絆創膏のおかげだよ！　この絆創膏は本当に噂通りの物なんだ！」

「でも、剥き出しの腕なんて一番怪我をしやすい部分だからな。たまたまってこともあるし……」

「だったらもう一回、赤い絆創膏を貼って確かめようぜ。それで噂が本当かどうかはっきりする」

上級生達がとうに帰った部室で、皆でわいわいと噂について語り合う。もちろんその意見の中には、偶然似たような場所に怪我をしただけというものもあったが、何しろ噂の通りにした結果がこれだ。

噂が本当に本当かどうか。確かめるためには、せめてもう一度くらいは傷に絆創膏を貼ってみる必要があるだろう。

とはいえ、赤い絆創膏は隠しようもなく目立つし、それを理由にアイツのいびりは酷くなるから、できたらバレないように貼りたい。

みんなで色々と考えたが名案は出ず、また、見える所に怪我をした奴が絆創膏を貼って確かめる、という流れで仲間の怪我待ちになったあの日、その『暴力事件』は起きた。

それはあからさまな暴力だった。

無茶なノックを取れなかった同級生にあの先輩が詰め寄り、胸ぐらを掴んで引き寄せた後、その手をわざと離したのだ。

立った状態で服を掴んで引き寄せられ、巧妙に隠してはいたけれど、手を離すというより地面に叩きつけるように同級生の身体を押した先輩の行動。

「あー、悪い悪い。手が滑っちまった。大丈夫か？　大丈夫だよな」

見ていてどうしようもなく不自然だったけれど、手が滑ったと言い逃れられては反論はできない。突き飛ばされたせいであちこち擦り傷を負ったというのに、付け足したような心配するフリの言葉のせいで、わざとやったくせにという声があげられなくなる。

「おい。怪我、大丈夫か？」

過失とはいえ怪我は怪我。ということで、たまたま隣にいた俺がそいつの手当てをするよう言いつけられ、俺とそいつは部室に戻った。

「なぁ、あの絆創膏くれよ」

部室に戻るなり、同級生は、俺が預かっていた絆創膏を渡してくれと要求してきた。

箱ごと渡してやると、服に隠れない部分の傷全部に、赤色の絆創膏を貼りつけていく。

「一枚でも目立つのに、そんなに貼って大丈夫か？」

「練習中断してまで手当てに行けって言われたんだ。わざとらしいとか言わせずに絆創膏を貼れるチャンスだろ。それに、この数の擦り傷が一度にアイツにできるなら、噂は本当だって確信できるからな。そっちを確かめるのにもいい機会だ」

もっともな言い分だが、アイツがそれで納得するとは思えない。これまで以上に執拗に絡んでくる気がする。

俺の抱いた嫌な予感は的中した。

「たかが手が滑っただけで、そんなに怪我する訳ねーだろ。それを、これ見よがしに派手な絆創膏貼って、怪我させられましたアピールしやがって」

元はといえば自分のせいなのに、よっぽど同級生の行動が気に食わなかったらしく、翌日から目に見えて、先輩のそいつに対する当たりはきつくなった。

今まで以上に理不尽な要求をし、見てないところではしごき放題。でも顧問や他の先輩達に咎められないよう、人前では気遣っているフリをしながら、今度はネチネチと神経に障るやり方で追い詰めてくる。

庇おうとすればそれだけでこちらに噛みついてきて、孤立させられた同級生は日増しに憔悴していった。でも、せめてもの仕返しになるというのに、絆創膏は一向に剥がれない。

あの日手当を言いつけられた俺は、同級生の怪我を間近で見たから、こうまで治りが遅くなるような傷でないことを誰より知っている。

もう半月近くが経過したというのに、どうしてあの絆創膏は剥がれないのだろう。

その理由を聞こうと決めた日、いびられ続けていた同級生は部に顔を出さなくなった。

同じクラスの奴の話では、学校も休んでいるという。

最近の先輩のいびりは度を越していたし、唯一仕返しになるかもしれない絆創膏の噂は、待っているのに怪我の治りが遅くて期待ができない。

だからついに追い詰められ、学校を休むような事態になってしまったのだろうか。

心配になって電話をしてみたが通じず、なんだか嫌な予感がして、部活帰りに俺はそいつの家に向かった。

俺を出迎えた同級生はやけに顔色が悪かった。それでも俺を見るなり笑顔になって、心配する俺に学校を休んでいる理由を教えてくれた。

「親の仕事の都合で、俺、転校することになったんだ。学校に行ってもアイツがいてうるさいだけだから、支度ついでに、このまま学校さぼろうかなーって」

「転校？　急だな。でも、元気そうでよかった。俺もみんなも上手く庇ってやれないけど心配してたから、お前が休んだこと、気になってさ」

「あー、うん。バタバタしてたから電話とから出られなくてごめん。でも、俺は大丈夫だから。……あと、お前らにいい置き土産ができると思う」

その言葉の意味が判らず、確かめようとしたけれど、まだ色々やることがあるからと、同級生は家の中に引っ込んでしまった。でもその時俺は見たんだ。前に俺が手当てした場所以外にも、やたらと同級生の身体に赤色の絆創膏が貼られているのを。

そういえば、あの日、こいつに箱ごと絆創膏を手渡した。あれはどうなったのだろう。知りたかったけれど、呼んでももう同級生は姿を現さず、数日後、再び家を訪ねた時には、もう同級生の家はもぬけの殻になっていた。

同級生とはそれっきりになったが、部に顔を出せばあの嫌な先輩はいて、いなくなった奴をいじめ尽くせなかった鬱憤を晴らすように俺達をいびってくる。

絆創膏が手元にあった時には、仕返しができるかもという考えで色んなことを耐えていたが、ささやかな腹いせの可能性もなくなり、いよいよ部を辞めようかどうかとなったその日、とんでもないことが起きた。

「ぎゃぁぁぁぁぁぁぁ！！！」

グラウンドどころか、校舎中に響いたのではという声を上げ、件の先輩がいきなりその場に倒れた。

周り中の人間が駆け寄る中、グラウンド上を先輩がのたうち回る。その肌のあちこちには何かで刺したような傷ができていて、そこから血が流れ出していた。しかも傷は見える範囲ばかりではないらしく、先輩の服にも、中から滲んできたと思しき血の染みが無数に広がっていく。

その光景に、俺は、最後に会った時の同級生の絆創膏の位置を思い出した。

先輩の傷の位置。それはどれも、同級生が赤い絆創膏を貼っていた位置ではなかっただろうか。

先生の通報で救急車が到着し、先輩は病院へと運ばれて行った。後で聞いた話によると、先輩の傷はどれも深いものではなく、命に別状があるどころか、今後の生活にもとりたてて影響することはないらしい。

ただ、人にはさんざんきつく当たるくせに、本人は物理的にも精神的にもこの上なく打たれ弱かったようで、原因不明の怪我の発生がトラウマになって、痛い思いをしたグラウンドに戻るどころか、学校にすら来られなくなっているという状態だ。

先輩のいなくなった部は平和になり、残った俺達一年は、あの赤い絆創膏の噂が真実だったことを確信した。

でも、絆創膏は残らず転校してしまった同級生が持って行ってしまったし、そもそも、かなり後味の悪い結末になってしまったから、暗黙の了解で、噂のことも自分たちの行動も、誰も何も言わないまま俺達は日常生活を送り、そして数年の時が過ぎた。


中学生だった俺も大学に通うようになり、あの絆創膏のことなど忘れかけていたのだが、他の県から来たゼミ仲間の話を聞いた時、赤色の絆創膏のことを思い出した。

「俺、高校の時、自分でもいつこさえたのかよく判らない怪我ばっかしててさ。手や足に、いっつも怪我して絆創膏を貼ってたんだよな。でもこっちの大学に来たら、そういう怪我とかしなくなって。受験のストレスで、立ち居振る舞いが荒くなって怪我してた、とかだったのかなぁ」

話を聞いた途端ピンときた。間違いない。転校したアイツの仕業だ。でもゼミ仲間にアイツのことを尋ねてみても、身近にそういう名前の奴はいなかったとだけ返事が戻った。

赤色の絆創膏を持っているのはアイツだけではないのだろうか。それとも、関わりもないのに一方的にアイツがゼミ仲間を恨んだり嫉妬したりして、昔と同じやり口で人に怪我を負わせているのだろうか。

どちらにしても、赤色の絆創膏の噂は真実で、先輩以外にも、こうして的になった人間がいるということは立証された。

普通に暮らしていれば、たいていの人間が、一度や二度は手にすることもあるだろう絆創膏。何かの弾みで、俺を恨んだり嫌ったりしている人間が、あの噂を知った上でそれを手にしたりしないことを願うばかりだ。

有名になりたい

砂神桐

高校のクラスメイトにかなりの目立ちたがりがいる。

特に、写真や動画に取られるのが大好きで、近い範囲でテレビ中継などがあると聞いたら、すぐさま現地に駆けつける程だ。

そのクラスメイトがある日、どこで仕入れてきたのかも判らない怪しい噂を口にした。

なんでも、タレントやアナウンサーといった『本来出演する立場の人間』でない人が、中継の画面にトータルで百時間以上映ると、映った人間は全国的な有名人になれるらしい。

「俺、昔からこまめに中継とか追いかけてるから、百時間なんて軽く超えると思うんだ。そうしたらどこかのテレビ局の人とかに抜擢されて、芸能人になっちゃうかもなー」

能天気な発言に、聞いてた一同は沈黙した。

そんな話、現実にある訳がない。

地元の田舎町では珍しいことでも、大都市ならテレビのロケなど日常茶飯事だろう。都会の人なら百時間くらい、映る気がなくてもどこかのカメラに映り込んでしまうことくらいあるのではないだろうか。

だけどそういった、たまたまカメラに映り込んだだけの人達が、全員とんでもない有名人になるなんてとても考えられない。

もしかしたらこのクラスメイトのように、意欲的に映ろうとする意思のある奴が見出され、何かの弾みでテレビ局の人の目に留まる可能性もなくはないけれど、普通に考えてこの噂は眉唾すぎる。

みんなそう思っているらしく、苦笑いを浮かべることしかできなかったが、噂を口走った張本人だけは本気で、この日から、なおいっそうテレビ中継の情報などを掻き集め、精力的に現地へ赴くようになった。

害はないから好きにやらせておけばいい。そう思っていたけれど、何故か日増しにクラスメイトは不機嫌且つ周りにイライラをぶつけるようになっていった。

「こんなにあちこち出向いてるんだ。いい加減、百時間くらい超えて、俺が有名になってもいいんじゃないのか？」

噂を完全に信じ切っているらしく、愚痴をこぼして物に当たったり、他のクラスメイトに八つ当たりで怒鳴りつけたりする。

さすがに見かねて、ホームルームで担任も交え、目に余る行動を皆で注意したその瞬間、事件は起きた。

「どいつもこいつもうるせーんだよ！　俺が有名人になるのがそんなに妬ましいのか？　あ
あ!?」

一声そう怒鳴り、クラスメイトは突然ポケットからナイフを取り出した。隣、前、後ろ……誰彼構わず周囲の人間に凶刃を振るい、喚きながら廊下へ駆け出した後、廊下の窓から飛び降りた。

切りつけられた生徒は、傷の重さの違いはあるが、命に別状のある者はいなかった。でも三階から飛び降りたアイツはそのまま帰らぬ人となった。

この事件は全国のニュース番組がこぞって取り上げ、報道では、未成年だから顔も名前も伏せられたが、ネットで素性をたちまち暴かれ、死んだクラスメイトは、皮肉にも全国規模の有名人となった。

犯行動機もネットで広まっており、今、全国の暇人が、アイツが映り込んでいる中継映像などを探し出し、トータル時間を割り出そうと躍起になっている。

アイツが目を輝かせて飛びついたあの噂は本当だったのだろうか。

トータル時間の集計結果が出たら、その真偽が少しは判るかもしれない。

予約

ガラクタイチ

川田さんがまだ学生だった頃、仲間内で流行っているささやかな遊びがあった。川田さんはそれを「予約ゲーム」と名付けていた。

混雑しているファミレスの入口には、予約の紙が置いてある事が多い。自分の名前や人数を記入し、呼ばれるのを待つためのものである。

そこに誰もが知っている有名人の名前を書くというものだった。店員はその人が偽者だと分かっていても、同姓同名の可能性があるため名前を読み上げなくてはならないのである。

呼ばれた瞬間、店内はいつも水を打ったように静まり返ったという。他の客たちは首が捻れんばかりに振り返り、有名人の姿を一目見ようとした。しかし実際に席に通されているのは、さえない風貌の学生たち。このギャップによって、店内の至る所からクスクスと失笑が生まれるのである。

「そんなことして、何が面白いの？」

今になって人にそう訊かれると、川田さんは何も答えられなかった。確かに何も面白くはない。不愉快に感じる人の方が多いはずである。しかし当時まだ若かった川田さんとその友人たちは、この遊びに夢中になり、まるで武勇伝のように自慢しあったという。

最初は人気アイドルやアーティストの名前を使っていたが、徐々に過激化し、麻薬で逮捕された芸能人や、自殺したタレントの名前すらも使うようになっていった。

「今度さ、凶悪殺人犯の名前でやってみないか？」川田さんは提案した。

「いいね」友人は食いついていた。

川田さんはさっそくネットで事件を検索した。ほとんどの凶悪犯は逮捕されて死刑判決を受けているため、ファミレスでドリンクバーなんて飲んでいる場合ではなかったが、少年事件は別だった。少年法に守られて、今もどこかで周囲を気にしながら息をひそめて生活しているのだ。

そんな中、本名をネットで暴露されている元少年がいた。元少年の同級生が正義感に駆られ、名前をブログに公表したのが始まりだった。あまりの反響の大きさに同級生は怖くなり、すぐに名前を消したが、瞬く間に拡散していったのである。

「あ、この名前なら知ってる。話題になってたわ」川田さんは膝を叩いた。「これで行こう」

友人は反対した。ニュースで扱われたことのある、誰もが知っている凶悪犯の方が反応を楽しめるからと主張した。しかし川田さんは譲らなかった。

川田さんたち三人は、混み合っているファミレスに狙いを定めて入店した。入口近くに置かれている待合席は、順番待ちの客で溢れていた。川田さんは店員に促されるまま、予約の紙に元少年の実名を書いた。

「あとは名前が呼ばれるのを待つだけだな」川田さんは小声でそう言うとメニュー表を開き、特にお腹が空いているわけではなかったので、軽めのメニューを選んでいた。

「知らない人の方が多そうだけどな」友人は呟いた。

「そんなことないよ。なかなかのネームバリューだ」

他の客が次々に会計を済ませて店を出ていくのを見届けると、いよいよ自分たちの番がやってきた。

「〇〇様〜」

店員の声が聞こえてきたがスルーした。最初は名字だけで呼ばれることが多いからである。今回もそうだった。

「〇〇〇〇様〜！」店員はさっきよりも大きな声でフルネームを読み上げた。

「あ、はい」川田さんは軽く手を挙げて応答した。

周囲を見渡すと、他の客は食事と会話に夢中で、まったく反応がなかった。川田さんたち三人は通路を歩き、案内された席に座ると、互いの顔を見合わせていた。

「ほらね、今回は失敗だ」友人がそう言うと、川田さんは「知らなくてもいいんだよ。さっきの店員が元少年の実名をみんなの前で公表した。それだけでも十分に面白いだろ」とぶっきら棒に返し、その後は何事もなかったかのように食事を楽しんでいた。

二時間後のこと。自分の部屋に戻った川田さんたちは、テレビゲームに興じていた。一度始めると朝まで続くこともあった。

対戦型のゲームで友人二人が盛り上がっているのを尻目に、川田さんは消化不良に終わった予約ゲームを一人で分析していた。友人が言う通り、世界的に有名なシリアルキラーの名を借りた方が良かったのだろうか？

そう思案しながらネットで検索していると、ある掲示板のスレッドに目が止まった。タイトルにはこう書かれていた。

「元少年の顔写真公開！　ついに暴かれた居場所」

川田さんは軽い気持ちでスレッドを開いた。そこにはファミレスで食事をしている自分の写真が貼られていた。

「え!?」川田さんが悲鳴を上げると、友人二人は驚きのあまり、ゲームのコントローラーを床に落としていた。

「どうした？」友人が駆け寄ってきた。

「俺の写真が貼られている……」川田さんの手の平は一瞬のうちに汗で濡れ、緊張のあまり腹痛が襲っていた。

「気付いた奴が店の中にいたんだ……しかも尾行までしている」友人はモニターを食い入るように見つめながら言った。

「どうしよう……俺が元少年と勘違いされている」川田さんの声は震えていた。

カーテンの隙間からわずかに見えていた窓ガラスが、突然明るく光った。外では数人の男がたむろし、川田さんの部屋をスマホで撮影していた。近所に住んでいる掲示板の利用者たちが続々と集まり、ちょっとした祭りに発展しようとしていた。

掲示板の管理人にすぐさま連絡し、免許証の画像を送って誤解であることを伝えると、その日のうちにスレッドは消され、川田さんは胸を撫で下ろしていたが、ネット社会の現実はそんなに甘いものではなかった。

それから数年経った今も、悪ふざけの後遺症は残ったままだ。元少年の名前を検索すると、必ず自分の顔写真が出てきてしまうのだという。日本中に拡散された顔写真を消すことは、もはや不可能なことだった。

「あの元少年の名前で検索した時に出てくる写真は、僕なんですよ」川田さんはそう言って話を締めくくった。

#私の鑑賞会

三石メガネ

高校のとき、同級生にA本という男子生徒がいた。

ときどき話しかけられることがあったが、大体は不謹慎な話題だった。死体画像や事故映像といったものが好きらしい。当然、女子には敬遠されていた。本人は気にしていなかったようだが。


A本の話で、ひとつ忘れられないものがある。

某SNSにある『私の鑑賞会』というタグだ。

このタグの付いた投稿は、すでにSNSの管理側にマークされているのか、すぐに消されてしまうらしい。あるいは、投稿者が消しているのかもしれない。

A本はその『私の鑑賞会』というタグの付いた投稿を一度だけ見たことがあるという。

本文はない。短い動画が添付されていた。

どこかの屋上だったらしい。カメラは常に下向きで、ひどく手ブレしている。

コンクリートの床を映したあと、その先に置いてある揃えられた靴を映した。そしてさらに向こうには何もない。はるか下に街の雑踏が見えるだけだ。十階以上はある、とても高い建物のようだったと言っていた。

突然映像が激しくぶれる。撮影者がカメラ（もしくはスマホ）を置いたらしい。地上が映るよう、レンズ部分だけが身を乗り出すように縁に置いたようだ。

一瞬、黒い影が右端に現れる。急激に遠ざかり、吸い込まれるように地上に落ちていく。ビチィーッ、と引き裂くような破裂音がした。

はるか下方で人型が弾けた。

「自殺動画だよ」

興奮した様子でA本は言っていた。本物らしい。

なぜ彼らは今から死ぬというのに面倒な撮影など行うのだろう。所詮はただの作り物ではないのか。

そう言うと彼はむっとした様子で反論した。

「勧誘者がいるんだよ」

曰く、その人物はSNSに多数存在する『病み垢《アカ》』を監視しているのだそうだ。自殺をにおわせるネガティブな投稿をする人を辛抱強く観察し、接近して、本当に自殺をしそうな人にダイレクトメッセージを送る。他者に見えない非公開なやり取りで、言葉巧みに自殺を促すらしい。

「決行場所を聞き出して遠くから撮影する場合もあるし、今回みたいに、本人から動画を中継してもらえるときもある」

本当だろうかと俺は思った。しかし口には出さなかった。語っているA本が、胸が悪くなるほど嬉しそうだったからだ。

あれから数年が経った。先日たまたま高校時代の友人と会ったので、昔の話をした。その流れでA本の話題も出た。

彼が随分と前に自殺していたことを、今も信じられないでいる。

Airdrop

ガラクタイチ

松山さんの通勤手段は片道一時間の電車である。途中から満員状態になるが、利用者が比較的少ない駅から乗り込むため、いつも座ることができた。

毎日同じ時間の電車に乗ると、周囲は見覚えのある顔ぶれが多くなる。名前も知らない人たちなのに親近感を覚え、電車以外の場所で偶然すれ違ったりすると、思わず挨拶しそうになったこともあるという。

松山さんの電車の中での過ごし方は、ご多分に漏れずスマホをいじることである。ゲームをしたり小説を読んだりして時間を潰していた。

松山さんは「Airdrop 痴漢」という言葉を最近耳にしていた。iPhone の Airdrop 機能を使い、見ず知らずの女性に男性器などのいかがわしい画像を一方的に送りつけるという、悪質な悪戯だ。犯人は女性が画像を開いて恥ずかしがる姿を遠巻きに眺め、性的な欲求を満たす変質者である。

「俺たち男には関係ない話だな。わざわざエッチな画像を送ってくる女なんていないだろ」松山さんは酒の席で同僚と痴漢トークで盛り上がっていた。

「わからんぞ。一般的に男よりも女のほうが露出するの好きだろ。そういうファッションも多いし」同僚は酔いがまわり、ネクタイの外された襟元からは、赤くなった首が覗いていた。

「でも犯罪ではないし」

「ストーカー事件は、男が女に危害を加えるからニュースで取り上げられがちだけど、警察の発表によると、女性のストーカー犯の方が多いらしいぞ」

「へ?、そうなんだ」

宴のあと、松山さんは千鳥足で電車に乗り込んだ。朝とは違い、車内は見知らぬ顔ばかりだった。同僚の言葉を思い出しながら、向かい側の席に座っている女性を観察しつつ、浅い眠りに何度も落ちていた。

ある日のこと。松山さんがいつもどおりiPhone片手に朝のラッシュに巻き込まれていると、突然Airdropで画像が送られてきた。画面には「辞退」と「受け入れる」の二択が表示されていた。

松山さんはゆっくりと周囲を見渡した。他の乗客は一様に俯き加減で、スマホと睨めっこしていた。普段と変わらない光景だが、疑いだせば誰もが怪しく思える。

いよいよ俺にもきたか。松山さんは感慨深くなりながら、両隣に座っている人に画面を覗き込まれないように顔に近づけて、「受け入れる」のボタンを押した。

そこに表示されたのは見知らぬ女性のスナップ写真だった。写真を撮られていることに本人が気付いていないのは、表情と構図からすぐに分かった。

「ついにもらったぞ、Airdrop 痴漢！」

オフィスに入るなり松山さんは誇らしげに画像を同僚に見せた。

「普通の写真じゃん。お前が痴漢されているというより、この写真の女性が被害者じゃねーか」

「まあ、そうだけど……本当にあるんだな、こういうの。ドキドキしたわ」

「Airdrop 解除しとけよ」

同僚の薄いリアクションに松山さんは落胆していた。

それから数日後。また画像が届いた。前回同様に車内を見渡すが、怪しい者はいない。私服の人すらいなかった。

中を覗くと、先日と同じ女性が写っていたが、今回は全裸になっていた。フローリングの床に横たわり、両手足はロープで縛られ、その表情には不安の色が見てとれた。

会社に到着するなり、さっそく同僚に見せると「おいおい、マジの変態じゃねーか」と語気を強めながら画像に食いついてくるのだった。以前とは違う同僚の熱い反応に、松山さんは満足していた。

「露出狂というよりはＳＭプレイの愛好家かな？」松山さんは小声で言った。

「そのどちらにせよ、画像をお前に送っているのは、この女じゃなくて、撮影している奴だろうな」

「次はどんな画像だろう」松山さんは自分の置かれている状況を楽しみ始めていた。


さらに数日後。いよいよ三枚目が届いた。

松山さんは画像を開いた途端「ひっ！」と短い悲鳴を上げ、iPhoneを落としてしまうのだった。周囲の乗客が冷ややかな視線を注いでくると、松山さんは慌ててiPhoneを拾い上げて電源を落とした。

そこには惨殺された女性の遺体が写っていた。首は鋭利なナイフのようなもので深くエグられ、骨が見えていた。

今この瞬間、同じ車両に猟奇的殺人鬼が乗っている。そう考えるだけで足が震え、全身の毛が逆立っていた。


目的駅に到着すると、松山さんは人混みを押しのけてホームに飛び出し、駅構内にある交番に走った。同僚に見せて自慢なんてしている場合ではなかった。

「ただのイタズラでしょ？　ホラー映画のワンシーンかもしれないし、被害届けが出ていない以上、こちらは動けないね」息を切らしている松山さんとは対照的に、警察官の対応は冷ややかだった。

「もしもこの女性が本当に殺されていたら、どうするんですか？」

「インディーズ系の女優さんかもしれないでしょ」

「そんな……」

「嫌ならAirdropを解除しておけばいいじゃないですか。一枚目が届いた時点で解除していないということは、次に何が来るか期待してたんでしょ？　違います？」

「……」

「あと携帯に登録している名前を変更したほうが良いですよ。相手はあなたの反応を見て、顔と名前を一致させてしまったでしょうから。できれば車両も変えたほうがいいです。私からできるアドバイスはそのくらいです」

「なんで俺の方が変えないといけないんだ」とは言えないまま、松山さんは背中を丸めて交番を出ると会社に向かった。


「で、どうすんの？」事情を把握した同僚は、眉をしかめながら言った。

「犯人を突き止めるよ。このままではあの女性が浮かばれない」

「やめとけって。警官が言う通り、売れない女優だろ。映画の宣伝手法かもしれないし」

「そんなことない。あれは絶対にリアルだ」松山さんは同僚を睨みつけた。

「……だとして、お前がどうやって犯人を捕まえるんだよ」

「俺が電車の中でAirdropを開けば、その場にいる数十人の送信可能な人間の情報が見える。そこから絞り込んでいく」

「相手は毎回名前を変えているかもしれないだろ？」

「そうだけど、なんとかやってみせるよ」松山さんの中に、とめどない義憤が溢れていた。


動きがあったのは、それから一週間経ってからだった。また画像が送られてきたのである。今度はスーツ姿の若い男性だった。前回同様に隠し撮りであり、男性はあらぬ方向に視線を送っていた。

松山さんは自分のiPhoneをビデオモードにし、周囲にいる乗客の顔をさりげなく撮影していた。満員状態であったため、対面のシートに座っている人の顔までは収められなかった。犯人は満員になるのを待っていたのかもしれないと思い、唇を噛みしめていた。

電車を降りると、ダメ元で交番に向かった。以前と同じ警察官がいたが、松山さんの顔を見ると露骨に嫌そうな顔をするのだった。

「どうかされましたか？」警察官は無愛想だった。

「次のターゲットになる男です」松山さんは画像を見せた。

「あのう……前にも言いましたけど、私にどうしろというんですか？　その写真の男性をこの街から見つけ出して保護しろとでも？　もしくはあなたの乗っている車両を封鎖して、全員の身元を確認しろとでも？　どちらも無理ですよ。ＦＢＩだって断りますよ」

「とりあえず覚えておいてください。この男性のことを」

「じゃあ、その画像を私の携帯に送信してください。Airdropでね」警察官はため息混じりに言った。終始投げやりな対応だったが、松山さんは少しだけ事態が前進しているような気がしていた。


数日後、iPhoneに送りつけられてきたのは、すでに殺された男性の画像だった。女性の時とは違い、二回目で殺害されていた。松山さんは悲鳴を上げそうになったが飲み込み、必死に冷静さを装った。心臓が激しく鼓動し、胸を内側から叩いていた。

男性は首から下だけを集中的に攻撃されていた。顔が無傷なのは、最初の画像と同一人物であることを自分に教えるためだろうと推測していた。

「ほらみろ！　殺されたぞ！　あんたがすぐに動かないからだ！」松山さんは電車を降りると、いつもの交番に駆け込み、警察官に詰め寄っていた。

警察官は目を見開いて画像を凝視すると、周囲を気にしながら呟いた。

「一応私も調べたんですよ。もしもどこかで殺害されていたとしたら、連絡がつかなくなった家族が捜索願を出しているはずですからね。ですけど捜索願が出されている人々の顔を確認しても、あなたの持ってる画像の人は出てこなかったんです」

「じゃあ、これもフェイクだと言うんですか？」

「でしょうね。顔だけ無傷じゃないですか。それはホラー映画やネットから残酷な画像を持ってきて、顔だけをハメ込んだからですよ。色々な角度から何枚も隠し撮りして、偶然苦しそうな表情をしていた瞬間を切り取って使っているんでしょ」

松山さんは警察官の説明に妙に納得していた。言われてみれば確かにそのとおりだった。この平和な日本で表の世界を普通に生活している人が拉致されて殺害されれば、すぐにニュースになるはずである。松山さんは興奮していたことが急に恥ずかしくなり、顔が赤くなっていた。

警察官に一礼すると交番を飛び出した。


その日の夜。松山さんは同僚たちと居酒屋に行き、酔い潰れた。緊張しながら過ごしてきた数週間の出来事を話題として提供し、何度も笑いをとっていた。

「ちょっとさ、その女の写真を見せてよ」同僚の一人が酒臭い呼気を吹きかけながら、松山さんの手からiPhoneを奪い取った。そして数秒間画像を見つめてから、こう言った。

「俺、この女、知ってるかも。コンパで会った女に似てるわ。派遣の受付嬢だったかな？　そうそう、確か若いうちに両親を亡くしているはず」

飲み会が終わると、松山さんは同僚たちに別れを告げ、終電間近の電車に乗り込んだ。その車両には自分以外にも、酔い潰れたサラリーマン風の男がちらほら乗っていた。

同僚の言葉を回想し、全てが振り出しに戻された気がしていた。二回目の画像の男性にも身内がいなかったとしたら、事は重大だと思っていた。犯人は捜索願が出されにくい人間に照準を合わせていた可能性がある。しかしそれを調べる術はなかった。

眠気が襲ってきた時、iPhone に画像が送られてきた。開くとそこには、松山さんの横顔が写し出されていた。画像の背景は今まさに自分がいる車両である。

ゆっくりと視線を横にずらすと、同じ車両にいた他の乗客たちは皆、その手にスマホを握り締め、熱心に何かを見つめていた。

松山さんはその日以来、電車に乗る時間と車両を変え、Airdrop も解除して生活を送っているが、周囲の人間がスマホを取り出すたびに、自分に向けられているような気がして仕方ないのだという。

都市の狼

閼伽井尻

好きな小説家が近くのギャラリーでトークショーをするという。ひとりで参加するのが心細かったMさんは、以前その小説家の話で盛り上がったことのあるバイト仲間を誘うことにした。彼女はMさんと同い年のフリーターだが、社交的で頼りがいもある。年齢関係なく周囲から「姐《ねえ》さん」と慕われていた。姐さんに声を掛けると、ふたつ返事で行くという。引っ込み思案なMさんにとって、バイト仲間と遊ぶのも小説家のイベントに参加するのも、はじめての経験だった。

ギャラリーは入り組んだ住宅街の奥にあった。しかも一見それとわからぬごく普通の民家だった。地図アプリが無ければ到底たどりつけなかっただろう。玄関扉に今日のトークショーのフライヤーがテープで貼ってあり、それに姐さんが気付くまで、ふたりは何度も通りを往復したのだった。

玄関先でMさんが尻込みしていると、横から姐さんがサッとインターホンを押す。ほどなくして扉が開いた。

「こんにちは、みなさんもうお集まりですよ」

この家の主婦、といったかんじのおばさんがあらわれ、ふたりを中へと招き入れる。おばさんの言うとおり、玄関にはざっと二十足ほどの靴がぎっしりと並べ置かれていた。

通されたのは広々とした和室だった。すでに集まった人々でざわついている。二十代から五十代くらいの女性ばかりだ。部屋全体の照明はぐっと落としてあり、白い壁のそこかしこに飾られた抽象画を天井からのスポットライトが照らしている。姐さんはその抽象画の作者を知っているらしく、「なるほど、こういう方向性ね〜。うんうん、いいかんじのギャラリーだね」と満足げだ。

小説家は痩せた中年男性だった。中性的なペンネームから勝手に美しい女性を思い描いていたMさんは、ややがっかりした。姐さんにそう告げると「私も！」と苦笑いしている。

トークショーは小説家とギャラリーオーナーの対談形式で進行した。玄関でふたりを出迎えたおばさんがオーナーだった。先ほどは印象に残らない服装だったが、白衣観音のような衣装に着替えている。小説家はTシャツにジーンズというラフな服装で、ちぐはぐだ。対談もことごとく噛み合っていない。オーナーは自分の先祖の話を、小説家は南米滞在中にマリファナを堪能した話を一方通行に続けている。

いまひとつ内容に集中できないまま、トークショーは終わってしまった。Mさんが物足りない気分でいると、オーナーが「第二部の用意をしますので、みなさんどうぞそのままで」と言う。

すると奥からスタッフらしき女性たちがあらわれ、参加者を乱暴にかきわけると、和室の中央に大きな座卓を置いた。そこへ次々と寿司桶を運んでくる。瓶ビールや大皿料理も並べられ、さながら田舎の盆か正月か、といった様子になってきた。Mさん含め参加者たちはぽかんとしつつも、何か面白いことがはじまるのでは、という期待感で宴席の準備を見守った。姐さんはスタッフの手助けまで買って出ている。それを見た他の参加者たちも、積極的に箸やコップを並べたり、「こっち、ビール足りてませーん！」などとスタッフに声を掛けたりしはじめた。奇妙な一体感が生まれ、Mさんもそれに倣《なら》った。

準備を終え全員が席につくと、オーナーが言った。

「では、みなさんで【気】を回しましょう！」

え？

意味がわからず、Mさんは姐さんを見た。姐さんも困ったような笑顔でMさんの目を見る。他の参加者たちも戸惑っているようだ。

そんな気配を察することなく、オーナーが声を張り上げる。

「ほらほら！　お隣の方と手を繋いで！　そうそう！　早いとこ済ませて、美味しいお寿司食べましょうね！」

気圧されして、一部の人がぽつぽつと手を繋ぎはじめる。Mさんも、姐さんとは反対側に座る人から手を握られた。その人を見ると遠慮がちに会釈を返されたので、Mさんは「ああ、自分も繋がなきゃ……」と思い、自ら姐さんの手を握った。雰囲気に呑まれたのか、姐さんもすんなりこれを受け入れる。小説家とオーナー、スタッフたちも円の一部に加わった。

「まだまだまだまだ……」

オーナーが読経のようにつぶやく。両側の人の手をがっちりつかみ、ひどい猫背になっている。オーナーのつぶやきに急かされ、座に焦りが漂いはじめた。小説家は「ほらほら〜、ビールぬるくなっちゃうよ〜」などと、へらへら参加者を急かす。

不意にオーナーが口を噤んだ。

一瞬の沈黙のあと、「繋がりました！」と目を閉じたまま天を仰ぐ。

「回して！」小説家が野太い声を出す。

Mさんは、ここへ来たことを激しく後悔していた。せめて第二部とやらがはじまる前に帰っていれば。姐さんまで巻きこんでしまい、ただただ申し訳ない。小説家への憧れも失せてしまった。もうすぐ発売される新刊を楽しみにしていたのに。

「——シッ！」

オーナーが鋭く吠えた。その場にいる全員が息を呑む。

「駄目駄目駄目ッ！【気】が、うまく回っていません」

Mさんがそっと姐さんをうかがうと、姐さんはちょっとおどけた目で「何言ってんのこの人ヤバい」と伝えてきた。この状況を楽しむ余裕があるようだ。それを見てMさんはいくらか安心した。小説家は「ちょっとちょっと〜、カンベンしてよ〜」などと、相変わらずへらへらしている。

「みなさん、もっと肩の力を抜いて！　深呼吸して！　イメージして！」

オーナーは何度も仕切りなおしの合図を出すが、一向に上手くいかないらしい。

「……みなさん、大変です」

重々しい口調でオーナーが告げた。

「この中に、狼がいます」

スタッフが「ヒッ！」と悲鳴を上げる。

参加者たちは手を繋いだまま顔を見合わせた。

「狼め……狼め！」

オーナーが勢いよく立ち上がった。繋いだ手を振り払われ、両側の人がバランスを崩す。それを見た姐さんが小さく「あーあ」と同情の声を漏らした。するとその声に反応したのか、オーナーがぴたりと姐さんを睨んだ。姐さんの痺れるような緊張が、隣のMさんにも感染する。

オーナーは白い衣装をひらめかせ、姐さんに跳びかかった。

「――あんただね、狼は！」

般若顔のオーナーに首をつかまれたのは、姐さんではなくMさんだった。

とっさの出来事に声も出ない。姐さんに救いを求める視線を送るが、姐さんも目を見開いて固まっている。

Mさんの首にオーナーの指が食い込む。抵抗しようとすると、駆けつけたスタッフたちに手足を抑えつけられた。スタッフのひとりが、オーナーにかわってMさんの首を絞める役に回る。そしてオーナーは、Mさんの背中を力任せに平手打ちしはじめた。

「狼めッ！　狼めッ！」

滅多打ちにされ、わけがわからないままMさんがもがき苦しんでいると、突然背後で「ぎゃおん！」と獣じみた奇声がした。

ドスン！　バタン！

何かが暴れている。ギャラリー内に混乱が広がり、参加者たちから悲鳴が上がった。と、不意にMさんの首が解放された。

激しく咳き込みながらMさんがあたりを見回すと、すぐそばで髪を振り乱しのたうちまわっている人物がいた。

歯を剥き、口から泡を溢しているのは、姐さんだった。

「――おおお狼！　で、出てゆけ！　出てゆけーッ！」

顔を真っ赤にしたオーナーが姐さんに罵声を浴びせる。

狼――姐さんは、走りざまにオーナーを突き飛ばし、そのままギャラリーから逃げ去ってしまった。

「狼って、案外都会に潜んでるもんなんですねー」

Mさんは、まるでゴミ置き場を漁るタヌキの目撃談を語るような口調で言った。

バイト退勤後、私はMさんに「ちょっとお願いがある」とカフェへ誘われた。訊くと、姐さんと連絡が取れないので、取り成してほしいという用件だった。

「あのあとすぐにLINEブロックされちゃって。最近シフトも全然カブらないんですよね」

姐さんがギャラリーに置いていった靴を預かっているので、早くお返ししたい。そう言って、トートバッグからだしぬけにパンプスを取り出し、カフェのテーブルにぽんと載せたのには驚いた。剥きだしのパンプスを、だ。

「──Mさんと、ちょっと色々あってさ。このままフェードアウトしたいから、もしなんか言われても適当に断っといて？　おねがーい」

数日前、姐さんがそう言っていたのを思い返す。姐さんは近々バイトを辞めてしまうそうだ。唐突に切り出されたらしく、もうすぐ繁忙期なのに……と店長が青ざめていた。

帰りがけに、書店へ立ち寄った。

Mさんと姐さんがトークショーに参加した、例の小説家の新刊が平積みされている。

タイトルは『都市の狼』。

帯に大きく印刷されている著者近影は、若く美しい女性だ。興味本位で買ってみたものの、まだ読んでいない。

踏切の話

東堂薫

そこは、いわゆる、あかずの踏切だ。

ターミナル駅の裏手にあり路線も多い。いったん遮断機がおりると、かるく一時間は通れなくなる。歩道橋もあるが、かなり遠まわりだ。

だから、なるべく踏切があがっているときに渡ろうとする人が多い。

だが、この踏切には、あるウワサがあった。

朝の通勤ラッシュの時間帯、まれに、ほんの数分間だけ遮断機があがる。そのとき踏切を渡ると、死んだ人に会うことができる——というのである。

亡くなった恋人の姿を見たとか、死んだ両親と言葉をかわしたとか、そんな話を耳にする。

奈苗《ななえ》の会社は、この踏切を渡った先にあった。毎朝、必ず通る場所だ。めんどうだが待つと長いので、必ず歩道橋を使うようにしていた。

じつのところは、それ以外にも理由がある。

以前、ちょっと、ここで気味の悪い体験をしたことがあるからだ。まだ、この踏切にまつわるウワサを知らなかったころに、一度だけ、遮断機があがったスキマの五分に渡ったことがある。そのとき、どうにも説明のつかないことがあった。

それからは、たとえ、渡れる瞬間があっても、そこは使わないようにしている。


だが、その日は違った。駅を出たところで会社の先輩に出会ってしまったのだ。橋下先輩は美人で世話焼きだし、面倒見がよくて、社内の評判はとてもいい。

奈苗も悪い人ではないと思っている。が、ある理由で、この人のことが苦手だ。とは言え、顔をあわせて挨拶もしないというわけにはいかない。

「おはようございます」

「おはよう」

目的地も同じだから、とうぜん、ならんで歩くことに。

「橋下さん。なんか、このごろ、顔色が悪いですね。体調悪いんですか？」

ここ二、三カ月、橋下は会社でも元気がなかった。なんとなく心配事がありそうに見えた。気にかかっていたので、たずねてみた。

会社へむかって歩きながら、橋下はため息をつく。

「そうなの。ストーカーにつきまとわれてるのよね」

「ストーカーですか？」

「元彼なんだけど、しつこく電話かけてくるし、この前は家の前で待ちぶせしてたし……ナイフつきつけられて、殺されるかと思った」

ストーカーに命を狙われている。

だから、わたしが、あんなものを見たんだろうかと、奈苗は考えた。

「危ないじゃないですか。それ、警察に相談しましたか？」

「したけど、危険性はないとかで、動いてくれないのよね。厳重注意しておきますとは言われたけど……」

そんな話をするうちに踏切まで来た。

相変わらず、遮断機でふさがれている。朝の出勤の人たちが大勢、待っている。だが、駅から来たほとんどの人は、そのまま歩道橋のほうへ歩いていく。

カンカンと耳ざわりな音が、あたりにひびきわたっていた。

この音がキライだ。

あのときのことを思いだしてしまう。

カンカンカン。

カンカンカン。

その音をぬって、ときおり轟々《ごうごう》と猛スピードで列車が左右に通りすぎる。

「橋下さん。歩道橋から行きませんか？　待ってても、いつになるかわからないし」

奈苗はあせって、橋下をさそった。

この場所に橋下と二人で立っていることが、とても不吉な気がしたのだ。

橋下は奈苗の声が聞こえていないのか、ストーカーの話を続けている。

「でも、大丈夫よ。アイツはもう現れない。ちゃんとカタはつけたから。絶対に、わたしの前に出てくることはないの」

「別れ話に納得してくれたんですね。それは、よかった。じゃあ、もう安心ですね。それより、むこうの歩道橋を——」

そのとき、けたたましい警報機の音がやんだ。

すうっと、遮断機があがっていく。

奈苗は息をのんだ。

来た。スキマ時間だ。この時間に、ここを渡ることができれば、たしかに会社へは早くつける。でも……。

そこにいた人たちは急に、しんと静まった。みんな、あのウワサを知っているのだ。待ってはみたものの、いざ、そのときが来ると、渡ることをちゅうちょする。

奈苗はもちろん渡るつもりはない。時間はかかってもいいから、歩道橋へ行くつもりだ。

しかし、橋下は何やらブツブツ言いながら、踏切のなかへ歩きだす。奈苗より長く勤めている橋下が、踏切のウワサを知らないはずがない。このところの心労のせいで、注意が散漫になっているのだろう。

「橋下さん！　行っちゃダメ！」

奈苗は呼びとめたが、橋下の耳にはとどいていないようだ。
橋下はよろめくような足どりで、道のなかばまで渡っていった。
しかし、どうしたのだろう？
とつぜん、そこで立ちどまった。
何か恐ろしいものでも見たように、すくんで動かない。
すると、ふたたび警報機が鳴り始める。

「橋下さん！　早く、そこから逃げて！」

橋下は何かわめいていた。
なんでこんなところにとか、死んだはずでしょとか、そんな言葉を見えない相手にむかって発していた。

カンカンカンカン――

「橋下さん！　早く！」

遮断機がおり、静まりかえる人々の前で電車が通りすぎた。

悲鳴。衝撃音。

一瞬のことが永遠に思えた。

轟音がやんだとき、橋下の姿は、そこになかった。

ただ、奈苗の足元に、ころりと何かがころがっていた。

ああ、だからなんだと、やっと理解できた。

以前、奈苗がこの踏切を渡ったときに見たものが、そこにあった。

(わたしが、あのとき見たのは、これだったのね)

切断された橋下の首が、物問いたげに奈苗を見あげている……。

噂箱　―UWASABAKO―

松本エムザ

噂、ウワサ、UWASA。

今夜もちまたに噂が飛び交う。
学校に職場に街角に。
笑える噂、哀しい噂、不思議な噂、背筋も凍る怖ぁい噂。
尾ひれをつけてゆらゆらと、群れなす赤い金魚みたいに泳いで消える。

噂は噂。たぶんそれは単なる噂。

でも、きっと貴方も知っている。
0《ゼロ》から噂は生まれないって。

幸せでありますように

　それはいきなりスマホに届くのだという。

　見知らぬアカウントから送られてくる、正方形の中に白と黒で構成された幾何学模様。大容量の情報を、高速で読み取り可能にした二次元コード。

　けれども、それを読み込んでしまうと……

「それ知ってる。赤色のコードでしょ？　うかつに読み込むと、そのままスマホの中に閉じ込められちゃうとかいう都市伝説」

「ちがうよ。そんな怖い話じゃないよ。私が聞いたのは『ラッキー・コード』」

「『ラッキー・コード』？」

「そう！　そのコードが送られた人は、イジメも戦争も病気もない、幸せの国への切符を手に入れられるんだって」

　怪しい。怪しすぎる。

　嬉々として語る萌香には申し訳ないが、そんな話、不信感しか湧きゃしない。

　どうせクリックしたら、恐怖映像が現れる趣味の悪いサイトに飛ばされるか、個人情報を抜き取られて犯罪者に利用されるかに決まっている。

そんなある日――

「届いた！　届いたの！　私にも『ラッキー・コード』が!!」

ハイテンションの萌香が給湯室に現れた。

「ほら！　見て見て！　コードの中をよく見ると『幸』って文字が隠れているでしょ？　これが『ラッキー・コード』の証拠なの！」

頬を紅潮させながら、萌香がスマホを差し出す。画面に出されたモノトーンのコードは、一見何の変哲もない物に見える。これのどこに『幸』の字が？　目を細めて画面を見つめる。

「……ねぇ萌香、これって」

「ごめんねぇ、私だけ幸せになって。でも大丈夫、いつかきっと貴女にも届くわよ」

その数日後、萌香は「幸せになります」のメッセージだけ残して、会社を辞めマンションも引き払い、姿を消した。

あの日見た、スマホ画面のバーコードに隠された文字。

萌香は『幸』だって言い張っていたけれど、私には『辛』の文字にしか見えなかった。

萌香、貴女がどこかで『幸せ』でありますように。

『辛い』思いをしていませんように。

止めてあげる

しゃっくりが止まらない。

沈黙が続く部屋で、俺が発する間抜けな音だけが響き、気まずくなる。

彼女の部屋に、別れ話をしに来た。

四年半付き合ったが、生涯を共にしたいほどの熱も沸かず、これ以上一緒にいてもお互いの為によくないと結論を出した。

でも、彼女は首を縦に振らない。ただ沈黙を守っている。

「水、もらうぞ」

どうにもこうにも格好がつかない。冷たい水でも飲んでしゃっくりを止めようとしたが、重苦しい空気に乾いた喉が湿るだけで、横隔膜の痙攣は収まらない。

「……イイ方法、知ってるよ」

ようやく彼女が口を開いた。

メモ用紙とペンを持ちだすと、何やら丸やら四角やらの図形とミミズの這ったような横文字を書きこんでいく。

「この紙をコップの底に敷いてね、手を使わずに水を飲むの。しゃっくりが止まるおまじないだよ」

差し出された紙を受け取ったところで、テーブルの上のスマホが震えた。届いたメッセージは、近くで飲んでいる友達からだった。

「悪ィ。友達待たせてっから、今日はもう行くわ」

メモをポケットにねじ込むと、足早に玄関に向かった。


待ち合わせた居酒屋でチューハイを二杯あけても、しゃっくりはまだ止まらない。騙されたと思って試してみるかと、彼女からもらったメモ用紙を取りだした。

店員に水を頼み、グラスの下にメモを置く。

「本当に止まるか賭けようぜ」

無責任に騒いでいる仲間たちをひとにらみし、グラスに口をつけようとしたとき
「ナニをしているんですか!?」

強い口調でいきなり止めてきたのは、水を持ってきてくれたアジア系の外国人らしき従業員だった。

「アナタ、死ぬ気ですか!?　そんなことしたら、○××▼□を呼び出しちゃいますよ」

「は？　何？　何を呼び出すって？」

いきなり『死ぬ』だなんて物騒な言葉をぶつけられ、更に聞いたことのない語感の単語も飛びだし、俺は混乱する。

「○××▼□です。西洋の悪魔みたいなものです。ふざけてもそんなこと絶対しちゃダメです」

ブツブツとどこかの国の言葉を呟きながら、彼は仕事に戻っていった。

「止めてくれようとしたのは『しゃっくり』じゃなくて、おまえの『息の根』だったな」

シャレにならない状況を笑い飛ばしてくれようとしたのだろうが、茶化してきた仲間の言葉には、引きつった笑いしか出なかった。

その夜のうちに、メモと合鍵を彼女の部屋に送り付けた。

もう二度と会うつもりはない。

話が違う

その噂には、いくつかのパターンが存在した。

「最終電車で眠り込んでしまった男が目覚めると、目の前にペット用のキャリーバッグを膝に置いた女が座っていたんだ。バッグに向かって『イイ子ねぇ』だなんて優しい声を掛けていて、一体どんな可愛い犬や猫が入っているんだろうと思って見ていると、視線に気づいた女が『見ます？』って、バッグを手に近づいてくる。動物好きの男は喜んで、女が開けてくれたバッグの中を覗き込んだ。すると中には――」

「中には？」

「若い男の生首が入っていたって」

「私が聞いたのとは違うな。最終電車で男の人の前にキャリーバッグを持った女の人がいて、中身を見せてくれたってとこまでは同じだけど」

「なんだったの？　中身は」

「その人が、一番大切にしている人の頭」

「イヤだなそれ。恋人とか奥さんとか？」

「子どもってこともあり得る」

「うわぁ、悪趣味」

「デビッド・フィンチャーの映画のラストみたいだな」

「俺が聞いたのはこうだよ。最終電車で二人きりになったキャリーバッグを大事そうに抱えている女に、男が聞くんだ。『ワンちゃんですか？』って。すると女は首を横に振る。『じゃあネコちゃん？』もう一度、男が聞く。女はやっぱり首を横に振る。そして、無言でキャリーのふたを開けて男に見せるんだ。男が中を覗くと、そこには――」

「そこには？」

「目の前にいた女の頭が転がっていて、それがにたりと笑ってこう言うんだ。『わ・た・し・

よ――っ』って」

「『わ・た・し・よ――っ』って？」

「そう、『わ・た・し・よ――っ』って。で、慌てて顔を上げると、バッグを持った女の、首から上がなくなっていて、切り口からドクドクと湧き水みたいに赤い血があふれ出していたって」

飲み会の席で聞いたそんな話を記憶の片隅に置いて、私は最終電車に揺られていた。

ほどよい酔いと振動が眠りを誘い、ついうとうとしてしまった。

ふと目を覚ますと……。

目の前の座席に、膝にキャリーバッグを載せた人物が座って、こちらを凝視していた。

聞いた話では『女の人』だったが、私の目の前にいる人物は、まだらな白髪を背中まで伸び放題にさせた、やせ細った老婆だった。

老婆の射るような視線が居心地悪くて、再び目を閉じ寝たふりをすると、つんと鼻をつく悪臭がしてきた。

目を開けると、目の前に老婆が立っていた。異臭を放ちながら。ところどころ抜けのある、黄色い歯を見せて笑いながら。

「何番がイイ？」

「は？」

キャリーバッグを突き出して、しゃがれた声で老婆が言う。

「何番がイイ？」

「な、なにを言って……」

異臭の元はどうやらこのキャリーバッグだった。薄汚れたバッグ。底が赤黒く染まっているのは、まさか血ではないのか？

「何番がイーイ？」

友人たちが語った『キャリーバッグの中身』が脳裏に浮かんだ。目の前のバッグの中に『それ』が入っているというのか？　選べと言うのか？　そのバッグの中に入っているモノを？番号で？

「何番がイ――――イ!?」

迫る老婆に背筋が凍る。むき出しにされたブヨブヨの歯茎が、腐ったゼリーのようだった。

考えろ。考えるんだ。

何番と答えればいい？　間違って答えて、恋人や家族の生首とご対面なんて冗談じゃない。

思い出せ。思い出すんだ。

最初に聞いたのは「若い男」の生首だった。次が「一番大切な人」。そして最後が――、バッグを持った女自身の首。この順番が正解なのか？

「何番がイ――――イィイイイイ!?」

狂ったように吠える老婆に詰め寄られ、たまらず叫んだ。

「三番！　三番で！　三番でお願いします!!」

「……三番、三番だね？」

グヒグヒと、老婆は下品な笑いを浮かべる。

「……三番は、お・ま・えぇぇぇぇぇぇぇぇぇぇぇっっ」


そう絶叫した老婆が、キャリーバッグから取り出した何かを大きく振り上げた。

首元に衝撃。

自分の喉に喰い込んだ手斧。


なるほど。

こういうパターンもあったのか。


まったく噂なんて当てにならない。

製氷機

三塚章

　俺はある冬、急に出張に出ることになった。といっても、一カ月という短い期間で、家具家電付きのマンスリーマンションを使えばそれほど面倒臭いことはなさそうに思えた。

「でもさ、少し気持ち悪くないか？」

　俺の話を聞いた友人は、そんなことを言ってきた。

「だって、前に誰がどんな使い方してるか分からないんだろ？　そもそもどこから持ってきた家具か知れたもんじゃないし。中古品かも知れないし」

　そういえばコイツは潔癖症の気があったなと苦笑する。

「まさか、考えすぎだよ」

　マンションの方でも、人が入れ替わるときぐらい念入りに掃除してくれるだろう。俺はそう軽く考えていた。

　実際、引っ越してみると、家具や家電は新品とは言えないまでも、まあまあきれいな方だった。

「まあ、これなら上等だろう」

ざっと部屋の中を見渡す。まだ荷物はダンボール箱に入ったままで、部屋がやたらと広く見えた。蛍光灯の白い光がなんだか寒々しい。まあ、それも荷物を広げれば和らぐだろう。

さっそく箱を開こうとした瞬間、どこか隅の方でガタンと音がして、俺は手を止めた。

音がした方に目をやると、キッチンスペースの隅で、小さな冷蔵庫がかすかなうなりをあげていた。そしてバキ、ボリ、と何かが割れるような音。

「なんだ……　冷蔵庫、調子悪いのか？」

俺は、キッチンスペースに向かうと冷蔵庫の扉を開けてみた。

中は空っぽで、ひんやりとした空気が漏れてくる。ここに異常はないようだ。チルド室にも、野菜室にもおかしなところはない。

冷凍庫に製氷皿はなく、タンクに水を入れると、それが庫内の壁に内蔵された製氷機を通り、氷になって小さな引き出しに溜まる仕組みらしい。

氷の入った引き出しを確認して閉めた途端、また大きな音がして、かすかに引き出しが震えた。

「これか……製氷機の調子が悪かったんだ」

さっきのバキ、ボリ、というのは、多分、水が完全に氷になる前に割れた音なのだろう。

管理人に文句を言った方がいいだろうか。

でも、どうせ一カ月しかいない場所だ。それに今は冬で、そうそう氷なんて使わない。対して問題があるとは思えなかった。

「ま、いいか」

そう呟いて、俺はキッチンスペースから戻ると、取り合えずすぐ必要になる物をダンボール箱から引っ張り出し始めた。


予想に反して、すぐに氷を使うことになってしまった。軽いカゼをひいてしまったのだ。喉が痛くて、熱くて仕方ない。物を飲み込むのも辛い。

(氷をなめれば少しはましになるかも知れない……)

引き出しを開け、氷を一個つまむと口に放り込む。

冷たい水が喉を通っていくのが分かって気持ちがいい。痛みと熱さが少し楽になった。思わずふうっと深い息を吐く。

ガタン！　と大きな音がして、驚いた俺は「ヒッ」と吐いた息をまた吸い込んだ。

ガラガラと、氷が引き出しの中に落ちていく音。そしてまた中でバキバキと氷が割れる。

「ビックリした。なんだよ、もう」

まあ、音がうるさくても氷ができるなら問題はないか。その時の俺はそう軽く考えていた。

俺の具合はどんどん悪くなっていった。鏡に向かって口を開けると、喉が腫れているのがわかる。熱い。喉が痛い。

ここ数日、俺は仕事から帰るとすぐに冷蔵庫に向かうようになっていた。まるで中毒にでもなったように氷を頬張るのがやめられない。

「氷……」

氷、氷を食べなければ。氷のなめてしばらくは、喉の苦痛が楽になる。でもそれはほんの少しの間だ。

昼、会社にいるときは冷たいペットボトルの水でごまかしていたが、それもそろそろ限界のようだ。今度水筒に氷を持っていくことにしよう。

氷の入った引き出しを開ける。思わずその姿勢のまま手を止めた。

「え……」

氷がわずかに赤く染まっていた。まるで赤い絵の具を溶いた水を流したように。そして、キューブ状の氷の中に、細かく割れたものが混じっていた。誰かが何個かアイスピックで砕いたら、こんな感じになるだろう。

「この赤いの……水垢か？」

普通だったら、気持ち悪くてとても口に入れようとは思わない。けれど、その時は喉が熱くて仕方なかった。

氷を一つ水で洗ってみる。幸い、赤く染まっているのは表面だけで、中の方は透明だ。

（よかった、食べられる）

ほっと溜息をついて、口に放り込む。かすかに、サビた鉄のような味がして、思わず顔をしかめた。

「うう……」

前は楽になったのに、今は喉の痛みは変わらなかった。それどころかひどくなっていくようだ。

「クソッ」

まるで恨みでもあるように、俺は思いきり口の中の氷をかみ砕いた。そして引き出しの隅にある、細かく割れた氷も指先ですくって口に放り込む。やっとこれで少しは楽になったような気がした。

これ以上体調が悪くなる前に、今日はなるべく早く寝てしまおう。今晩は冷え込んで、雪も降るそうだし。ぼんやりとした頭で俺はそう考えた。


誰かが、俺が寝ているベッドのすぐ横に立っている。

（誰だ？）

とっさに起き上がろうとするけれど、体が動かない。瞼に力を入れ、なんとかうっすらと目を開ける。

部屋の中は真っ暗で、あるはずの時計も電燈も見えないほどだ。そんな闇の中で見えるはずはないのに、なぜかベッドの横に立つ黒い人影に気がついた。

その人影は絶対いいモノではない、早く逃げなければ。それは分かっていたが、もがくこともできない。

人影は、何か光るものを持っていた。鋭い刃を持つ、大振りのナイフ。

コイツ、俺を殺すつもりだ！

悲鳴を出そうにも、潰れたストローのように喉がくっついて声が出ない。

黒い人影は、のぞき込むようにベッドの上に身を乗り出してきた。見せつけるように、ナイフがゆっくりと持ち上げられる。

必死に刃の下から逃れようとする。だが、手も、足も、頭すらも動かすことができない。

そして、人影は俺の喉にナイフを突き立てた。


自分が上げた悲鳴で、俺は目が覚めた。汗をかいている割には、寒くて仕方なかった。きっと、かなり熱が出ているのだろう。思わずベッドの横を見るが、もちろんそこに影などはいない。

乱れていた呼吸がおさまると、時計の音がやたら大きく聞こえた。部屋の中が妙に静かだ。

普通なら閉じた窓越しでも聞こえる道路を通る車の音もしない。

そういえば、寝る前戸締りしたときに雪が降り始めていた。積もった雪が、外の音をかき消しているのだろう。暖房はいつのまにか切れてしまったようで、吐く息が白い。きっと、明日の朝、窓を開けたら外は真っ白に……

ガタン！

急に響いた大きな音に驚いて、俺はビクッと体を跳ね上げた。

冷蔵庫が、小バカにするような唸《うな》りをあげている。

（また冷蔵庫かよ……）

さっき変な夢で起こされたのも、この大きな音のせいに違いない。弱っている所を脅かされて、なんだか無性に腹が立ってきた。

さすがにもう管理会社に文句を言おうと思ったが、今はこの時間だ。取り合えず寝てしまおう。俺は毛布をかぶり直した。

だが冷蔵庫は本格的に壊れたらしく、今度はバキバキ、ボリボリと氷が割れる音がする。これではとても眠れない。こんなボロ冷蔵庫のせいでゆっくり休むこともできないのか！

俺は起き上がって、その辺に脱ぎっぱなしだったトレーナーをパジャマの上に着るとキッチンスペースにむかった。

もう一度ちゃんと冷蔵庫を調べれば、何か原因が分かるかも知れない。水を入れるタンクにヒビがあるとか、どこかが詰まっているとか。

俺は電気をつけると、冷凍庫の引き出しを開けた。傷んだ魚のように、生臭い匂いがした。血を流したように、氷が染まっていた。黒味がかった赤い色。

その氷の上に、何かが乗って蠢《うごめ》いていた。

最初、子犬だと思った。でなければ、小さなモップの、床を拭く部分。だが、それにしてはその毛は一本一本が細く、艶やかすぎだ。

人の髪の毛だ。セミロングの生首が、後頭部を見せ顔を氷にうずめている。

俺は、白い息と一緒に悲鳴を吐き出した。

それを聞きつけたのか、ガシャリと氷の音を立て、首が振り返った。

女だった。今にも眼球が零れ落ちそうに見開かれた目。青白い肌。紫色に変色した唇はぬらぬらと濡れている。

生首は細い顎を上下に動かし、氷をかみ砕いていた。バキバキ、ボリボリと。時折冷蔵庫から聞こえた異音とまったく同じ音をたてて。砕けた氷の欠片が唇から零れ落ち、下に敷かれた氷と触れ合い、かすかな音を立てる。

俺と目が合うと、女はにやりと笑った。

「うわああ！」

悲鳴を上げ、俺は玄関へむかって走り出した。とっさにポケットに財布とスマホの入ったコートをつかんで出たのは我ながら賢明な判断だった。

息が切れ、横腹が痛み、もうこれ以上は疲れて走れないという所まで来ると、俺は足を緩めた。汗で冷えている体にコートを着る。こうすると自分のパジャマ姿が隠れるのもありがたかった。

速足で道を歩きながら、俺はポケットからスマホを取り出して友人に電話をかけた。深夜だったが、誰かに今あった恐怖を語りたかった。誰でもいいから人の声が聞きたかった。手が震えて、きちんとかけられるまで何度か失敗をした。

『あ？　なんだよ、こんな時間に！』

不機嫌そうな友人の声が、これほどありがたかったことはない。

「な、生首！　い、今冷蔵庫を開けたら氷の上に……」

『おい、落ち着けよ』

口調から、俺が必死なのが伝わったのだろう。友人の声から不機嫌さが消えた。

『落ち着いて、ゆっくり順を追って話せ。な？』

言われた通り、俺は今まであったことを話した。

調子が悪かった冷蔵庫のこと。風邪をひき、喉が痛くて氷を食べ始めたこと。夢のこと。そして、氷を食べる生首のこと。

「死んでまで氷を食べるって、なんなんだよ……」

色々思い出すと、ましになっていた恐怖がまた蘇ってきてしまって、我ながら情けないことに最後は涙声だった。

『氷食症みたいだな』

友人がぼそりと呟いた。

「氷食症？」

『妊婦さんや貧血の女性がなることが多い病気だよ。氷を食べるのがやめられなくなるんだ』

「だとすると、あの生首は生前その病気だったのか」

『かもな』

俺も喉の痛みで氷を食べずにはいられなくなっていた。同じような状況になったから霊が見えてしまったのか？　それとも、氷食症の霊に取り憑かれたからそうなったのだろうか？

目が覚める前に見た、喉を刺されて殺される夢。あれはあの冷蔵庫の持ち主の記憶だったのだろう。首だけだったことを考えれば、どこかで死体をバラバラにされたのかもしれない。そして持ち主のいなくなった冷蔵庫が巡り巡ってあのマンスリーマンションに……

『というかお前、これからどうすんの？　あの部屋で寝るの？　近くにいるなら泊められるけど、お前今出張先だからなあ』

「ネットカフェに行くよ。あそこなら一晩時間潰せるし」

そこのネットで探せば、それらしい事件が見つかるだろうか。氷食症の女性が、部屋に入り込んだ何者かにナイフで刺され殺された事件が。

多分無理だろうな、と俺は思った。

殺人事件なんて今どこででも起きているし、被害者が生前どんな病気を持っていたかなんて、事件に直接係わりがない限り、マスコミもいちいち報じないだろう。

それになにより、俺にとても調べる勇気はなかった。なにせ、出張から帰っても、しばらくは家の冷蔵庫が変な音をたてないか怯えることになるだろうと、その時から確信しているくらいだったのだから。

おすすめの物件

閖伽井尻

夫が遠方の営業所に異動になったので、Sさんは結婚前からの仕事を辞め、有給消化期間に引っ越し準備をすることになった。

ネットでいくつかの物件をピックアップし、現地の不動産仲介業者にアポをとる。夫は仕事を休めないので、物件の内見にはSさんひとりで向かった。

担当者はヤスダという名の男だった。しかし実際に会ってみると、どうも不穏な気配がする。あらかじめメールや電話でやりとりした条件や事情を、ヤスダは全て無視し、一方的に話を進めようとするのだ。胸の名札を何度も確認するが、担当者は彼で間違いない。四十代半ばくらいで中肉中背、これといった特徴の無い男だが、終始きょとんとした表情を浮かべているのが悪い意味で印象的だ。その愚鈍さが、職場の人間関係に多大に影響しているとみえる。

というのも、他のスタッフたちは明らかにヤスダを侮蔑していた。

客のSさんがいる目の前で、通りすがりにヤスダの背中を小突く、肩を殴る、頭から紙資料をぶちまける。あっすみません、いえいえ、などと、不愉快なやりとりが何度となく繰り返される。

Sさんが唖然としていると、ヤスダは首を歪めて視線を上下させ、えへへ、と笑った。愛想笑いのつもりだろうか。それにしては目を剥きすぎている。

なるべく手短に済ませたい。さっそくSさんは、プリントアウトして持参した二、三の物件を内見したいと申し出た。ヤスダの運転する車にひとりで乗るのは嫌だったが、幸い、若い男性スタッフが運転する段取りになっているらしい。Sさんが入店してから見る限り、運転手役のスタッフはいじめに加わっていなかったので、やや安堵した。が、ヤスダがのっそりと助手席に乗り込んだ途端、運転手は聞えよがしに何度も舌打ちをしはじめた。湿った舌打ちの合間に、後部座席のSさんに営業スマイルをふりまくのがまた薄ら寒い。

「Sさんご希望物件の他に、おすすめの物件があります。まずはそちらを見に行きましょう」

助手席から振り向きもせずヤスダが言う。

丁重にお断りしようと身を乗り出したとき、運転手が一際強く舌打ちを響かせたので、Sさんは声を発するタイミングを逃してしまった。

連れて行かれたのは、何の変哲も無い中古の二階建て一軒家だった。賃貸でも購入でも、応相談とのこと。築十五年という経年を感じさせない洒脱な外観、ちょうどいい広さの庭付き、カーポートはゆったり、日当たりも申し分ない。田畑の多い郊外に位置し、昼間でも静かで落ち着いた環境。確かに魅力的な物件だった。

しかし、何らSさん夫婦の希望に沿わない物件だった。夫婦二人暮らしに適したこぢんまりした1LDK程度のアパート。車は持たず電車移動中心のため、駅から徒歩圏内。それがSさんの提示した条件だ。

「……ちょっと条件に合わないみたいなんですけど」

「そうですか？　でもすごく良い物件ですよ？　是非中をご覧になってください！」

「いや、でも……」

「せっかくここまで来たんですから！　是非！」

押し問答をしていると、痺れを切らした運転手が棘のある息を吐いた。助手席のヤスダを睨みつけ、挙句Sさんにも鋭い視線を向けてくる。

一旦車を降りて、外の空気を吸いたい。

渋々ながらSさんはヤスダの案内で一軒家をひと部屋ひと部屋見て回った。ヤスダがしきりと「どうですか？」「どうですか？」と訊くので、まあ将来はこういう家もアリかもですね将来は、などと適当なことを言いながら。

「ここ、ご検討いただけませんか」

ようやく玄関ホールに戻ってきたとき、ヤスダが媚びるように言った。

慌ててこれを否定し、握りしめていた希望物件のプリントアウトを突き付ける。

「こっちが見たいんですけど」

ヤスダは目を剥いて、視線を上下させる。

「でもさっき、こういう家もアリだって、仰ってましたよね？」

「今のうちの条件には、全然合いません！」

「僕のイチ推し、おすすめの物件なんですけどね。きっとご満足いただけると思いますよ」

「残念ながら」

これ以上食い下がるようなら、このあとの内見は諦めて、すぐに帰ろう。別の不動産屋に行こう。そう決めたとき、

「そうですか」

ようやくヤスダが引き下がった。

それでもまだ、小声で「いい家なのに……」などと呟いている。

呆れたSさんがさっさと靴を履いて出て行こうとすると、突然ヤスダが喚いた。

「実はね、ここ、僕の家だったんですよ！」

言い終えるやいなやシュッと玄関に蹲り、何ごとも無かったかのように、のそのそと靴を履いている。

やっぱり別の不動産屋に行こう。即座にSさんは決心した。

うんざりした気分でヤスダの丸まった背中を眺めていると、

「あっ！」

だしぬけにヤスダが叫んだ。

壊れたロボットのような動作で、履いたばかりの靴を左右ぽんぽんと脱ぎ捨てた。

「痛っ！」

「どうしたんですか」

Sさんがこわごわ訊くも、ヤスダは「大丈夫です、大丈夫です」と言うばかり。そして玄関に散らばった靴を拾い、ひっくり返して靴底を叩いた。中に入った小石でも取る――のかと思いきや、カカカカ、と金属片のようなものが転がり落ちた。

鈍く光っている。

画鋲だ。

右の靴から五つ。左から三つ。

「よくあるんですよー」

平然とヤスダは言い、靴を履きなおした。照れ笑いのようなものさえ浮かべている。そして散乱した画鋲を放置し、そのまま家から出て行ってしまった。

「なにそれ……」

新居に遊びに来た友人は、Sさんの話を聞いて首を傾げた。

「さっきまで普通に履いてた靴から、画鋲が何個も出てきたの？」

「そう」

「舌打ち運転手がやった、ってこと？」

「さあ……」Sさんも首をひねる。

「運転手は家に着いた後ずっと車の中に居たと思うんだけど」

「こっそり忍び込んだとか？」

「扉を開け閉めする音とか気配は無かった気がするけど……扉を開けたときの気圧の変化っていうか、そういうのも。二階の窓から、運転手が車の中でスマホいじってるのも見えたし。まあ、お風呂とか二階の奥まった部屋に居るあいだは、気が付かないかもしれないけど」

「うーん」

変なかんじだねえ……。

ぽつりと言うと、友人は口を噤んだ。

Sさんは語り終えた満足感に浸り、お茶をひとくち飲む。

夫にはまだ話せていない。何度試みても夫が途中で飽きて、はいはい大変だったねと流されてしまう。新しい配属先に四苦八苦しているらしく、Sさんの雑談に耳を貸す余裕など無いのだ。

こうして友人が話を聞いてくれて、Sさんはとても嬉しい。こんな、駅から遠い田畑ばかりの郊外まで足を運んでくれて。これといった特徴の無い中古一軒家だけど、築十五年とは思えないほど綺麗にリフォームされていて。

「……でもさあ。そんなことがあったのに、何でこの家に――」

おずおずと、友人が口を開く。

「ね、いい家でしょう？」

Sさんは目を剥いて、視線を上下させた。

スマートスピーカー

ガラクタイチ

これは当時大学生だった井川くんが体験した話である。

井川くんは大学でオカルト研究会に所属するほどの生粋のオカルト好きである。霊感は全く持ち合わせていないが、ＵＦＯは子供の頃に一度だけ目撃したことがあった。中学や高校の同級生たちは誰も信じてはくれなかったが、オカ研の仲間たちは目を輝かせながら話を聞いてくれた。ＵＦＯの型や窓の数を言い当て、さらにはどうやって調べたのか分からないが、ＵＦＯの定員数まで教えてくれるのだった。オカ研は井川くんにとって、とても居心地の良い空間になっていたという。

そんなオカ研には伝統があった。大学を卒業する際は、先輩が過ごした部屋を後輩が借りるというものだった。なぜそんな面倒なことをするのかというと、いわゆる事故物件だからである。オカ研のメンバーは事故物件に住んで当たり前という掟があった。

井川くんは大学三年生になる時に、そんな理由で引っ越しを余儀なくされた。家賃は一万五千円で破格の安さだ。六畳の部屋だがロフトが付いているため天井が高く、狭くは感じなかった。過去にその部屋で何が起きたのかの説明は一切ないまま、粛々と引き渡しの儀式は行われた。

ある日のこと。オカ研のメンバーを色めき立たせるネットニュースが飛び込んできた。それは「スマートスピーカーが唐突に笑い出す」という内容だった。ネットでは「夜中に女性の笑い声が突然聞こえて震え上がった」と報告する者が続出していた。

それまでスマートスピーカーに興味のなかった井川くんは記事を読み、買うことを即決した。買わない理由などなかった。

二日後に商品が届くと、さっそくデスクの隅に設置した。一方的に話しかけて楽しんでいられたのは数十分が限界だった。欲しいのは相手からのアプローチである。しかし待てど暮らせど押し黙ったまま。

「まあ、こんなもんだよな……」

井川くんはスマートスピーカーで音楽を聞いてシングルライフを楽しむことにした。部屋の照明を連携させ、声で明かりを点灯させられる機器も一緒に購入したが、狭い部屋では利便性を感じることはできなかった。話しかけるだけでネットショッピングすることも可能だったが、使うことはないだろうなと思っていた。

その年の夏。オカ研恒例の夏合宿が始まった。メンバー全員で心霊スポットを巡り、霊が出ることで知られている宿で疲れた体を癒やすという、二泊三日の小旅行だ。

夜になると、色あせた畳が敷き詰められた大広間に布団が並べられ、メンバーたちは怪談話で盛り上がっていた。この時、一つだけルールが設けられていた。スマホの電源を落とすことである。着信音が鳴ると興ざめするからだった。井川くんは素直に従っていた。

「ところでさ、井川の部屋は怪奇現象とか起きてないの？」先輩のKさんが話題を事故物件に切り替えた。

「今のところ残念ながら無いですね」井川くんは申し訳なさそうに答えた。

「ロフトで寝てる？」

「この時期は暑くて無理です。下にマットレスを敷いて寝てますね」

「上から覗き込まれるような感覚とかない？」

「無いですね。上で寝ている時にハシゴを誰かが上ってくる、ということも無いですし」

「そっか……」Kさんは横になったまま、自分の枕に視線を落としていた。

「あの部屋で死んだ人の詳細を知っているんですか？」

「それがさ、お前の部屋だけまだ詳細が分かってないんだよ。他の部屋は霊が出た時に、先輩と後輩の証言が一致したりするんだけど、お前の部屋だけ謎なんだ」

「そうなんですか……出たらすぐに報告します」

合宿が無事に終わり帰宅すると、郵便受けの中に宅配便の不在票が入っていた。実家から何かが送られてきたのだろうかと思ったが、差出人の欄には通販サイトの名前が書かれていた。

「何も買った覚えないぞ……」井川くんは合宿に出発する前の記憶を辿ったが、思い当たる節はない。

部屋の中に入ると、たった二日間空けていただけなのに、他人の部屋に来たかのような違和感があった。再配達の依頼をして待っていると、徐々にその違和感が補正され、馴染んでいくのが分かった。

荷物が届いたのは一時間後のことだった。井川くんはドアを開けた瞬間に息を呑んでいた。配達人は一メートル四方の巨大なダンボール箱と、小さな箱を玄関に運び入れたのである。

「なんですか、これ？」と訊ねるわけにはいかず、引きつった顔でサインした。

伝票を見ると、間違いなく自分が購入したものだった。いまさらキャンセルなんてできないよな。そう思いながら、どちらの箱から先に開けようか少しだけ迷っていたが、否応なく巨大な箱に目がいった。

恐る恐るテープを剥がし、中を覗き込むと、そこには木製の椅子が入っていた。背もたれは低く、肘掛けの無い、座り心地の悪そうな椅子である。

井川くんは首を傾げつつ、今度はもう一つの小さな箱を開けた。中に入っていたのは一本のロープだった。

井川くんはKさんに電話して状況を説明すると、「すぐに行く！」と嬉しそうな声が返ってくるのだった。


駆けつけたKさんは部屋の中を見渡すと、予想外な言葉を口にした。

「鰻と梅干と言われたら、何を思い浮かべる？」

「……食べ合わせの悪いもの、ですか？」井川くんは肝をつぶしていた。

「そのとおり。昔から言われていることだ。本当かどうか知らないけどね。今で例えるならメントスとコーラかもな」

「それがどうかしたんですか？」

「じゃあ食べ物じゃなくて、組み合わせの悪いモノと訊かれたら、なんて答える？」Kさんの不可思議な質疑は続いた。

「……ちょっと分からないです」

「スマートスピーカーと事故物件だよ。俺の予想ではスマートスピーカーが霊の声を拾ったんだと思う。お前が部屋にいない時にね」

「なるほど……」

「組み合わせの悪いものは、もう一つあるよ。椅子とロープだ」Kさんはロフトを見上げ、転落防止用の柵を見つめていた。

「首吊りですか」井川くんも一緒に見上げていた。

そう話した瞬間だった。突如部屋の電気が消えた。暗闇の中で二人が押し黙っていると、スマートスピーカーから、甲高い女性の笑い声が聞こえてくるのだった。

「スマートスピーカーの笑い声を聞いた人たちが住んでいる部屋は、間違いなく事故物件ですよ。僕はそう確信しています」井川くんは話の最後にそう付け加えた。

ミタラシヌヨ

松本エムザ

実名登録のSNSで、中学の同級生・M美と三十年ぶりに繋がった。

驚くほど近所に住んでいた事が判明したので、早速会う約束をした。


M美とはクラスも部活も違ったが、同じバンドのファンだったので、よく情報交換などをしていた。

互いの近況や、解散してしまったバンドの話、近所のお薦めのお店など会話は弾み、私はふと思い出した話題を口にした。

「そういえば、卒業してから結局、同窓会ってしていないね」

成人式の際に、出席していた一部のメンバーで「卒業十周年か二十周年に、大々的に同窓会をしよう」と盛り上がった記憶があった。

M美のクラスだった三組には、学年の中心的な派手で目立ったメンバーが多かったので、彼等が計画するなんて話が出ていたはずだ。

「……知らないの？　あの話」

途端に顔を曇らせたM美が聞かせてくれたのは、こんな話だった。


あの頃、三組は美術担当の女性教師・S崎先生が受け持っていた。

三十代中頃の中堅教師で口うるさい熱血タイプではあったが、依怙贔屓などはしない誠実な先生だった。

そんな先生の一途な生真面目さが気にいらなかったのか、三組の一部の男子生徒が徹底的に反抗をした。


それはほとんど教師へのイジメとも言えるほどにエスカレートし、クラスの卒業を待たずにS崎先生は病気療養を理由に休職してしまった。

私たちの中学では、卒業文集は卒業式後、式の写真も掲載された物が自宅に郵送されることになっていた。

その際、三組のクラスの生徒には、S崎先生から手描きの絵手紙が同封されていた。

「その絵手紙が問題でね」

ほとんどの生徒の元に届いたのは、校舎とその周辺を描いた四季の風景画と「卒業おめでとう」のメッセージだったのに、S崎先生をイジメていた三人の男子生徒のカードには、燃え盛

る業火の中に苦悶の表情で叫ぶ男の姿が描かれ、その裏には
「ミタラシヌヨ」
と、赤い文字で殴り書きされていた。

「M美も見たの？　その『見たら死ぬ』絵」

「ううん、三人とも気味が悪いって、受け取って直ぐに破り捨てたんだって」

「仕返しにしても、随分と悪いジョークだね」

「そうなの、みんなそう思っていたんだけど」

たかだか中学の美術教師が描いた絵に、そんな呪力がある訳もなく、三人には何事も起きず、クラスメイトの記憶からもそんな思い出はすっかり薄れた頃――


M美と三組の有志が、同窓会を計画しようと動き始めたのは、卒業二十周年を迎えた年だった。

三十五歳という年齢になり、みなそれぞれ家庭を持ったり仕事も軌道に乗ったりと、それなりの落ち着きをみせていたので、いい時期なのではないかと幹事達は考えた。

取り急ぎ、クラスメイトの消息を追うと、何人かの訃報に辿り着いた。

「ねぇ、この三人って……」

M美たちに、過去の記憶が甦った。

亡くなった三人は、担任から「見たら死ぬ絵」を送り付けられた男子生徒。それも三人とも、卒業後二十年を迎えた年の同じ月に病死・事故死・自殺で命を落としていた。

「単なる偶然、と思おうとしたんだけどね」

美術部だった女子が、三人の訃報を知る前に、同窓会開催の為にS崎先生と連絡を取っていた。

銀座の画廊でグループ展に参加しているという先生の元を訪れると、S崎先生は
「同窓会は欠席させてもらうわ」

と、感情のない声で告げたという。そして、

「ようやく二十年経ったわね。あの三人も、あの頃の私と同い歳になるのね」

とも――。

「その子から聞いた話では、先生はあのとき結婚十年目でようやく授かった赤ちゃんを妊娠し

ていたのに、ヤツらに精神的に追い詰められて、ストレスで流産しちゃってたんだって」
「じゃあ先生は、計画的に彼らが自分と同じ年齢になる二十年後を見据えて『見たら死ぬ絵』を贈ったってこと？　そんなことが可能なの？」
「分からないよ。分からないけど……」

あの頃、現在の様にメールやSNSが普及していなくて本当に良かったと、M美は続けた。先生の絵が、拡散されていたらと思うと……。

美術部の同級生が画廊で見た先生が描いた絵は、どれも気が重くなるような暗い作品だったそうだ。

作家名を検索すればネットでも見れると言われたが、正直勇気が出ない。

結局、同窓会は行われないいまま、もうすぐ卒業三十年になろうとしている。

ごちゃまぜさん。

三塚章

『その妖怪は、ごちゃまぜさんと呼ばれている。そいつは夕方に一人で歩いていると現れる。腰を布で縛った白いワンピースを着ていて、ぼさぼさの髪を肘の辺りまでたらしているらしい。そして何より特徴的なのは、顔が『ごちゃまぜ』であることだ。

ごちゃまぜさんには、目も耳も鼻もない。のっぺらぼうの顔に、マーブル模様が浮かんでいる。ちょうど、様々な絵の具を水面に流してかき混ぜたように。

そいつはこっちを見つけると、無いはずの口からこう聞いてくる。「ちょうだい?」

そう聞かれた人間は、どう答えたとしても体を乗っ取られるという。もっと過激に顔をつぶされ、殺されるという説もある。ごちゃまぜさんから逃れるためには、人の顔が映った写真を投げつければいい……』

目の疲れを感じて、私は、オカルトサイトから顔をあげた。その姿勢のまま、色々と考えを巡らせる。

そういえば、私が子供の時にも口裂け女やトイレの花子さんの都市伝説があった。子供達が妙な怪人を作り上げて怖がるのはいつの時代も同じというわけか。

オカルト雑誌の記者である私は、このごちゃまぜさんに興味を引かれ、記事にできるかどうか少し調べてみることにした。

幸い今はネットという便利なツールがあるから、おおよそのことを知るのはたやすい。

ネットの世界にごちゃまぜさんが現れたのは、個人が管理している小さなオカルトサイトの掲示板が初めだった。書き込みは〇〇一六年となっている。内容は『塾の帰りに、空き地で顔がマーブル模様の女が立っているのを見た』というシンプルなものだ。

そのあとで『私も近所の空き地で見た！』というレスがついた。それから一番目の目撃者と、二番目の目撃者がやりとりをする中で、二人が語る『ごちゃまぜさん』の特徴がぴったり一致した。それが信憑性があり面白いと他のサイトにも紹介され、噂が広がっていったらしい。質問や与えてくる危害、助かるための方法は、噂が広がるうちに後でつけられた設定だろう。

なにより記者としてありがたかったのは、二番目の目撃者があまり個人情報の保護に関心がなかったことだ。『〇市に住んでるけど、他に誰か見た人いませんか？』という一文を掲示板に書き残している。『近くの小学校では、まだ噂になっていないみたいです』とも。

〇市で、近くに小学校がある空き地。そこまで絞り込めればある程度場所を特定するのは簡単だ。

どうやるのか詳しい方法は伏せておくが、記録から書き込まれた場所を大ざっぱにだが知ることもできる。

調べてみると最初の書き込みも○市近くからされているのも分かった。絶対とは言い切れないが、ごちゃまぜさん発祥の地が○市の空き地だということはまず間違いがないようだ。

というわけで、私は○市のある駅に降り立った。

まさか本当にごちゃまぜさんに会おうとしたわけでもないし、雰囲気を重視したわけでもないが、電車を降りたときには夕暮れ時になっていた。

そこは特に珍しくもない町だった。駅の前にはコンビニがあり、小さな本屋やちょっとしたお菓子を売る店が並んでいる。そして駅を背に少し歩くと、民家がちょっと窮屈そうに肩を寄せ合っていた。

目的の空き地は、住宅地のなかにあった。空き地のいえば聞こえはいいが、実際は不法投棄で地面も見えないゴミの山だった。もとはまっ平な更地だったのだろうが、壊れたイスやビデオデッキ、カップ麺の容器や牛乳パックの入ったビニール袋が積み重なっている。どこかで何かが腐っているらしく、酷い匂いがして私は顔をしかめた。これでは近所の家はたまったものではないだろう。

どこかで、カラスが鳴いた。

汚いだけではなく、薄暗い中に破けたビニールシートが風になびいていたり、小さな虫が這いまわる音がカサカサしているところはいかにも不気味で、確かに何か人ならぬモノが現れそうな感じだ。

夕焼けの、オレンジ色の光が少しずつ力尽きていく。濃くなっていく闇の中で、何かがぼんやりと光っていた。気のせいかと思うほどかすかに。

人が、ゴミの山に半分埋もれていた。右肩と首だけを出して。

長い黒い髪、昔は白だっただろうが、汚れて灰色になった服。顔は、目も鼻も口もないのっぺらぼうで、赤や青、緑が渦を巻いている。そして全身から淡く光を放っていた。

(ごちゃまぜさん！)

ハッと急に息を呑んだせいで、喉が変な音を立てた。その呻きに驚いたように、ごちゃまぜさんは消え失せた。

「消えた……」

スマホの明かりを利用して、私は恐る恐る怪人が立っていた所を照らし出す。

いた。

ごちゃまぜさんはそこにあった。

ナイロンか何かで作られた安っぽい髪、白い肌は薄いプラスチックで、肩が割れ、中に仕込まれた電球と太陽電池らしきもの、それに小さい機械が見えた。顔のマーブル模様には筆跡《ふであと》。

「作り物だったのか……」

光る人形。これがごちゃまぜさんの正体か。なんだかくだらなくて笑いそうになる。

おそらく、この人形はスイッチが消された状態で捨てられたのだろう。それが何かの拍子でスイッチが入ったか、機械が傷んだかして、時々思い出したように光るようになった。

そして、たまたま夜中に通りかかった誰かが、光っている「ごちゃまぜさん」を見た、というわけだ。

これほどはっきり理由が分かってしまったら、かえって記事にしづらいかも知れない。少しぐらい謎が残っていた方が、オカルト雑誌では人気が出るのだ。

とりあえず、写真だけは撮っておいた方がいいか。持って来ていたカメラと、スマートフォンの両方でごちゃまぜさんを撮影する。

半分ゴミに埋もれたごちゃまぜさんは、なんだかとても不服そうに見えた。

それにしても、ただのライトとして使うには暴力的なデザインだ。一体なんのために作られたのだろう？

「あの……」

後ろから声を掛けられ、振り返る。見ると、中年の女性が立っていた。厚ぼったいセーターと、足首まであるスカート姿だ。

「あの、あなたはどちらさま？　主人の作品を撮ってどうするの？」

「作品？　これご主人が作られたものなんですか？」

ごちゃまぜさん。

まさか、この人形の関係者と話をする機会がくるなんて。

でも、「あなたの主人が作った作品が化け物扱いされています」なんて言ったら、気持ちよく話をしてくれないだろう。私はとっさにごまかす言い方を考えた。

「実は、この人形が非常にインパクトがあるとネットの一部で話題になっていまして。一体これはなんなのか、調べて記事にしようとしていたんです」

少なくとも、嘘は言っていない。

女性はため息をついた。

「そうなの？　こんな気持ち悪い像のどこがいいんだか。まあ何にせよ良かったわ、不法投棄の証拠でも押さえられたのかと思った」

自分の夫の作品が人気だというのにドライなものだ。

「ハハハ……不法投棄のことには内緒にしておきます。ところで、こんな時間に恐縮ですが、よろしければご主人の他の作品を見せていただけたらと……」

「それはかまわないけど……まったく物好きね」

そこで女性は初めて笑顔を見せた。

案内された家は、周りの家とあまり変わらない大きさだった。けれど、玄関の前には羽の生えたウサギやら、狂暴な牙を持つ小人の像やらが置かれていて、なんだか異様な雰囲気だ。もし私が近所に住む小学生だったら、この家の前を通る時は速足で歩くか、そもそも違う道を使うかするだろう。

「主人が亡くなってから、少しずつ処分してるんだけど、なにせ数が多くて……」

彼女の名前は曽我伸子《そがのぶこ》というそうだ。旦那は修一《しゅういち》といって、パーティー会場や金持ちの家に飾るオブジェを作って売る芸術家だった。大人気とはいかなくても食べていけるぐらいには売れていたが、数年前に交通事故に遭って亡くなってしまったらしい。

「どうぞ、お入りになって」

曽我さんはドアの鍵を開け、玄関の明かりをつけた。

中に入ると、おそらく塗料のものらしい臭いがツンとした。主がいなくなっても、しみ込んだ臭いはなかなか消えないのだろう。

廊下には何枚も絵がかけられていた。そのどれもに修一のサインがある。彼はオブジェ制作だけではなく絵も描いていたようだ。几帳面な性格だったらしく、きちんと描き上げた年月日まで書いてあった。

曽我さんは分厚い木の扉の前で止まった。

「ここが主人のアトリエです」

扉を開けると、絵の具の臭いが強くなる。

部屋はかなりの広さだった。中央に大きなテーブルがあり、その上や周りに糸くずのように丸められた針金や、折りたたまれた布、彫刻用の石、粘土の塊などが無造作に置かれていた。ここでごちゃまぜさんのようなオブジェを作っていたのだろう。

折りたたんだイーゼルや、キャンバスもいくつか壁に立てかけられている。

よく見ると壁際にも小さなテーブルがあり、そこには油彩画に使う油のビンや絵の具が散らばっている。色鉛筆で描かれたデッサンがまとめられもしないで広げられたままになっていた。

「いい加減に片づけたいとは思うのだけど、なかなか大変で……」

そういうと、曽我さんはこちらに背をむけ、大きなテーブルをぼんやりと見つめた。

曽我さんが思い出に浸っている間、私は部屋の中を色々見せてもらうことにした。

小さなテーブルの隅に、新聞紙が束になって置かれている。筆を包んだり、汚れ防止にどこかへ敷いたりするための物だろう。一番上の日付は数年前のものだ。

物が多いとはいえ、数年間新聞も片づけられないなんてことがあるだろうか。ひょっとしたら、曽我さんは旦那との思い出があるアトリエの様子が変わってしまうのが辛いのかも知れない。だとしたら、ドライなように見えて結構情があるのかも。

曽我さんは、背中を向けたままゆっくりとテーブルに散らばった石膏の欠片をいじり始めた。

「売れる作品は売りたいけど、買い手がつかない物もあるし、こういった石や絵の具はどこに捨てればいいか分からないし……」

「だからといって、不法投棄はいけませんよ」

冗談めかして言いながら、私は机の上のデッサンを眺める。

真っ黒い帽子をかぶり、意味ありげに茂みから顔だけをのぞかせる紳士。なんの変哲もない手のデッサン。顔が二つある鳥。そして……

マーブル模様の顔をした女性、ごちゃまぜさんのスケッチ。

おそらくはあの人形を作るための下絵だろう。◯◯一八年十月十六日と日付が入っている。

それを読んだとたん、心の奥がザワついた。しかし、自分でもその理由がわからない。訳が分からないまま、焦りが強くなっていく。

ふいに、違和感の正体が分かった。日付だ。

このデッサンが描かれたのが◯◯一八年。ネットの書き込みが◯◯一六年。ネットの書き込みの方が古い。

つまり、この人形がもとで都市伝説ができたというわけではない、ということだ。だとしたら、ごちゃまぜさんの出所は結局のところ不明ということになる。

曽我さんは、まだこちらに背中を向けたまま、片づけを続けている。何もしゃべってくれないその態度が、余計こちらを不安にさせた。

「あ、あの、ゴミ山にあった、顔がマーブル模様の人形。あれはどこから発想を得たんでしょう？」

片づける音が止んだ。

ごちゃまぜさん。

「さあ。たぶん、どこかで見たんじゃないかしら。あの人、散歩中に見た猫とか人とか描くこともあったから」

「見たって……あんなの、この世にいるわけないでしょう」

曽我さんは、ふふっと笑った。

「それとも、幻覚でもみたのかも。事故に遭う前、あの人、少しおかしかったから」

「お、おかしくって……？」

このままここに居たら危険だ。すぐに逃げないと大変なことになる。本能が警告を発しているのに、捕らわれたように、視線を曽我さんの背中から外せない。

「私にね、妻はどこだ、なんて聞くのよ」

「え……？」

「変よね。それじゃあまるで私が偽物みたいじゃない。本物の奥さんの体を乗っ取ったとでもいうのかしら。ねえ？」

ごちゃまぜさんに遭った人間は、体を乗っ取られる。顔をつぶされ、殺される。

「あの、旦那さんは本当に事故だったのですか？　あなたは本当に……」

返事はなかった。

彼女は、ゆっくりと振り返った。

だが、そこに顔はなかった。今まであったはずの冷めたような目も、小さめの鼻も、寂しげな唇もない。あるのは、ただ絶え間なく動く色の本流だ。

「うわあああ！」

後ずさった弾みに、近くにあったイーゼルが派手な音を立て倒れる。

ごちゃまぜさんの細い両手が、私の体を捉えようと静かに伸ばされる。

たしか、逃げ延びる方法があったはずだ。口裂け女に対するべっ甲飴のようなものが。

確かにサイトに書かれていたはず。思い出そうと焦れば焦るほど、頭の中にあるはずの記憶は逃げていく。

落ちていた紙に足を取られてしりもちをつく。帽子の男性を描いたスケッチ。

そうだ、写真！　人の顔が映った写真を投げつければ助かる。

小さなテーブルの足にしがみつくようにして立ち上がる。

ひょっとしたら絵を描く資料として、人を映した写真がテーブルの上にあるかも知れない。

両手で机の上をかき混ぜるようにして写真を探す。デッサンが床に舞い落ち、クリップで留められた領収書の束が落ちた。顔料を入れた小さなビンが倒れる。机の上でこぼれた色が混ざり合い、ごちゃまぜさんの顔のようになった。

無い。人物を映した物どころか風景を映した物すら無い。

うなじの辺りに、伸ばされた手の気配を感じる。

がさり、と指が新聞の荒い紙に触れた。

そうだ、これになら絶対に写真が載っている！

私は積まれていた新聞を広げた。そしてそこにあった殺人犯の写真をむしるように破り取る。

振り向きざまにそれをごちゃまぜさんに投げつけた。

まるで一時停止をしたように、ごちゃまぜさんの動きが止まった。

その体を突き飛ばし、私は振り返りもせずに部屋を出た。


自分の家に逃げ込んでから、私はようやく今あったことを冷静に考えられるようになった。

おそらく、修一はどこかでごちゃまぜさんを見かけたのだろう。その時はどうにか逃げ出した、あるいは誰か他の人が襲われているのを見ただけだったのかもしれない。

そしてそれをスケッチを描き、その像を作った。完成までの間に、ごちゃまぜさんが妻と入れ替わっているのにも気づかず。

私はすぐにアトリエから逃げ出してしまったから、あれからごちゃまぜさんがどうなったのかは分からない。

ひょっとしたら、私の後を追ってきて、自分の近くにいる人と入れ替わっているのではないか。今度会ったとき、同僚はちゃんといつもの同僚だろうか？　コンビニの店員は、駅員は、タクシーの運転手は普通の人間か？

考えれば考えるほどどんどんと恐ろしい想像をしてしまいそうで、私はそこで無理に考えるのをやめた。

結局、肝心の記事は書けなかった。どうせありのままに書いても、きっと誰も信じてくれないだろうから。そして、なぜごちゃまぜさんが人の顔が映った写真で動きを止めるのか理由も分からないままだ。

あとは、投げつけた写真の男に何か悪い影響がなければいいと思う。いくら殺人犯とはいえ、この事件とは無関係なのだから。

貸ガレージ

閖伽井尻

　大阪在住の境《さかい》さんは、あるクラフト作家のアカウントをフォローしている。作家は【月極《つきぎめ》工房】という名で大阪を中心に活動しており、いつもセンスのいい作品画像をアップしている。しばしば写り込む工房のインテリアや身の回りの小物もまた素敵で、境さんは日々の更新を楽しみにしていた。

　あるとき、月極さんがクラフト教室開催のお知らせをアップした。生徒を募集している。工房の住所を確認すると、電車と徒歩で小一時間ほどの場所だ。この機会を逃す手はない。さっそく境さんは憧れの月極さんに連絡をとった。


　約束の日時、境さんは【月極工房】を探しさまよっていた。

　かなり余裕を持って出てきたはずが、すでに遅刻しつつある。地図アプリによるとこのあたりで間違いないはずなのだが、目の前には古びた長屋式のシャッターガレージがあるだけだ。

　大阪、とりわけ南部には、こういった長屋式のシャッター付き貸ガレージがよく見られる。細長いバラックにシャッターがずらりと並ぶ光景は、それと知らなければ何かの工場かと思うような雰囲気だ。たいていは乗用車や農機具を収納するために使われているが、たまにガレージを店舗に改装して営業している例もある。境さんもいくつかそんなラーメン屋やたこ焼き屋を知っていた。

そこまで考えて、ふとひらめいた。むしろなぜ気が付かなかったのか。きっとこの貸ガレージを工房として使っているのだろう。【月極工房】という名は、ここからきているのか。

改めて住所を確認する。末尾の「5」というのはガレージの番号なのだろう。

シャッター上部に書かれているはずの数字は雨風に晒され消えている。が、一番手前の区画にかろうじて縦の線が残っており、「1」だと推測できた。

境さんは手前から数えて五番目のシャッターへと進んだ。

しかし、工房を示すような看板や表札は何もなかった。念のため両隣も見たが、やはり何もわからない。長屋の端から端まで、閉ざされたシャッターがずらりと無個性に並んでいるだけだ。錆の具合まで酷似している。

日時は間違いない。

急な事情で中止になったのだろうか。

しかし月極さんからの連絡は入っていない。SNSをチェックするが、クラフト教室開催のお知らせが最新の記事だ。

そもそも、この貸ガレージが【月極工房】だという確信もない。

戸惑った境さんが月極さんにメールをしようとした、そのとき。

――バシャ、バシャ、バシャ！

唐突な衝撃音に境さんは身を竦めた。
見ると、「5」の隣、「4」のシャッターが音と連動して暴れている。内側からシャッターが叩かれているらしい。

――バシャ、バシャ、バシャ、バシャ、バシャ！

殺風景なガレージの敷地に、不穏な金属音がわんわん響いている。が、それ以外はしんと静まりかえった晴天の午後だった。
ふと、境さんの脳裏にふたつの事件が浮かんだ。
ひとつは、十数年前に発生した強盗強姦監禁事件。ミナミの飲食店で拉致された女性は大阪南部のガレージに監禁されていたのではなかったか。被害女性は自力でガレージから脱出し事件が発覚したのではなかったか。余罪の可能性や共犯者の存在、黒幕の暗躍など、数々の噂がネットに飛び交っていた。なぜかあまり報道されないまま捜査はいつのまにか終了し、それがかえって不気味な尾を引く怪事件だ。今まで深く考えたこともなかったが、監禁場所の「ガレージ」とは、まさにこういうシャッター付きガレージだったのではないか。

もうひとつは、警察署から留置中の男が逃走しその後一カ月以上捕まらなかった事件。潜伏の可能性がある場所として、倉庫や空き家、貸ガレージが挙げられていた。犯人が以前使っていたという貸ガレージを、境さんは何度もテレビで観た。それはまさに、こういうシャッター付きガレージだった。

境さんが不吉な連想にとらわれていると、

ばん、ばん……。


二度、弱く扉は叩かれ、そして止んだ。

どうしていいかわからず、しばらくその場で固まっていると、

「こんにちは。どうかされましたか？」

背後から声を掛けられた。

振り向くと、四十代前半くらいの男が立っている。このガレージを借りていて、車でも出しに来たような様子だ。

「あの……なんかここ、音してたんですけど……」

とっさに上手く説明できずに境さんが困っていると、

「あ～、よくあるんですよ。よくある。気にしないでください」

男は両手を大きく振って「なんでもない」とアピールをした。関西弁ではなく標準語だ。境さんを頭から足の先までじろじろと検分し、「まだ何か？」と目だけで問いかけてくる。

境さんはあまり期待せずに【月極工房】のことを訊いた。

すると男は目を見開いた。

「あ～、ちょうどよかった。教室の生徒さんですよね？　妻は今日来られないんですよ。すみませんが、教室はお休みにさせてください」

どうやら月極さんの夫らしい。

「そうやったんですね、残念です」

「子どもが急に体調を崩しましてね、今病院に行ってるんですよ」

「それは……どうかお大事に」

「次の教室はいつになるか、ちょっとわかりません」

言いながら男は、境さんをガレージの敷地の外へ押し出すように導いた。

「では、また次回ということで」

軽く会釈をし、男は境さんとの会話を一方的に終わらせた。

――仕方がない。境さんは来た道を戻ることにした。

何気なくガレージを振り返ると、「4」のシャッターの前に立つ男の後姿が見えた。男はズボンの尻ポケットから筒状のものを取り出す。

そしてシャッターに向かって大きく手を動かした。

噴射音が聞こえる。黒いスプレーだ。

男は、シャッターにでかでかと「×」印をつけた。


その日の晩、境さんは月極さんにメールを送った。今日は残念だったが次回の教室開催を心待ちにしている、お子さんお大事に、ご主人によろしくお伝えください、だいたいそんなことを綴った。が、返信はなかった。SNSの更新もずっと止まったままだった。

忘れた頃になって、ようやく月極さんから短いお詫びのメールが届いた。

教室再開の予定はない。それどころか作家活動を辞めることにしたという。思いもよらぬ報告に境さんは驚いた。

月極さんのメールは、こう続いた。

境さんのメールに「お子さんお大事に」「ご主人によろしく」とあったが、何のことか。私は独身で子どももいません、と。

後日【月極工房】のSNSが更新された。

境さんへのメールにあったとおり、作家活動を辞めるという報告だった。簡単に理由が書き添えてある。愛犬を突然の交通事故で亡くし、すっかり気落ちしてしまったらしい。そこに書かれていた事故の日付は、境さんがクラフト教室に出かけて行った日と一致していた。

シャッターを内側から叩く音、標準語の男、黒い「×」印、境さんが遭遇した出来事と月極さんの愛犬の死にどういう関連性があるのか。境さんにはまったく想像もつかない。が、無関係ではないと境さんは感じている。

「え？　でもシャッターを叩く音も、男が×をつけたのも、隣の四番シャッターですよね？」

「いや。私、あのとき勘違いしてたんです。うちの近所にも似たようなシャッターガレージがいくつもあるんですけど、後になってその横を歩いてるときにふっと気が付いて。あー、そっか。そっかあ、って」

「どういうことですか？」

「ああいうガレージの番号って、験かつぎで四とか九を飛ばしてつけてるんですよ。ほら、マンションとか旅館の部屋番号みたいに。だから、あの日私が工房やと思ったシャッターは、手前から数えて五つ目やけど番号的には六番やったんです。で、四番と思ってたんが……」

語り終えて、境さんはスッキリとした表情を見せた。

「今日初めてです。ガレージの話、最後まで出来たんは」

今まで何度もこの話を誰かにしようとしたらしい。しかし、そのたびに妙なことが起こったというのだ。

どういうことかと訊くと、境さんは黙って私の顔を凝視してきた。目は合わない。顔全体を眺め回してくる。そして一呼吸置くと、口を開いた。境さんが語ったのは、次のような話だった。

境さんが「そういえば、こないださあ……」といったかんじでガレージの話を切り出し、ぱっと相手の顔を見る。するとその頬が黒く汚れていることに気が付く。

黒い「×」印が、いつのまにか相手の頬についているのだ。

さっきまで無かったのに……。

境さんが困惑する様子を見て、相手が「何?」と訊いてくる。

「なんか……ほっぺた汚れてんで?」

「えっ? 嘘」

相手が頬を擦ると、煤とも塗料ともつかない黒い汚れが手にべっとり付着する。手鏡だハンカチだ洗面所だ、などと騒いでいるうちに、うやむやになってしまうのだった。

職場の飲み会で話そうとしたときは、事前に皆の顔を入念に見回して「×」が無いことを確認してから、「あのさあ……」と言ったところで、料理を運んできた店員の頬に「×」がついていたという。

「でも、今日は大丈夫みたいやから」

そう言って境さんは微笑むと、真正面から私の顔を指差した。指の先が私の頬に触れそうなほど、近い。だしぬけに突きつけられた指に驚き、そこに目を奪われる。

次に境さんの顔を見たとき、その右頬には殴り書きのような「×」がついていた。

催眠

ガラクタイチ

M氏の古い友人に和田という男がいる。年齢は四十代後半で、小太り。お世辞にもカッコイイと言えるような風貌ではない。体臭もある。幼い頃から内向的で友人が少なく、両親は彼を生んだことをひどく後悔していたという。

M氏が仕事の関係で雑居ビルに行った時のこと。最後の会社を回り、そのまま家路につこうと思っていた時分、偶然にも和田の姿をビルの中で目撃したのだった。十数年ぶりの再会だった。

和田はビルの中でマッサージ店を経営していた。日当たりの悪い簡素な室内には、薄汚いマッサージ用のベッドが一つだけ置かれていた。繁盛していないことはひと目で分かった。

「マッサージしてあげようか？」

「いや、いいよ。仕事中だし」M氏は即座に断った。シミの付いたベッドで横になるのはもちろん嫌だったが、和田の体臭が我慢ならなかった。適当に昔話をして引き上げるつもりだった。

つれない態度を察したのか、和田は複雑な面持ちでスマホの写真を見せてきた。

「俺の妻の写真だ」

M氏は思わず吹き出していた。既に芸能界を引退しているが、誰もが知っている女優だった。そんな女性が和田の妻になっているはずがない。もてない男が妄想を膨らませて、いよいよストーカーとしての道を歩み始めたのだろうかと思っていた。

相手の反応を予想していたかのように、和田は薄笑いを浮かべながら次の写真を見せてきた。それは女優と抱き合いながらキスをしている写真だった。合成にしてはよくできているなと思いながら観察していると、和田は次々に写真を公開し、M氏の動揺を誘った。どう見ても女優本人にしか見えないのである。

「本当に結婚したの?」M氏の声は震えていた。

「羨ましいか?」和田は不揃いの黄色い前歯を見せながら引き笑いをしていた。

仮に女優にそっくりな女性と出会っていたとしても、和田にはあまりにも不釣り合いだった。一体この男のどこに惚れたのだろうか? 嫉妬に狂いそうになっていた。

「どんな弱みを握ったんだ?」M氏は挑発するように訊いた。

「催眠術を独学で身につけたんだよ」

和田はうだつの上がらない人生を打開するために、催眠術の書籍を買いあさり猛勉強し習得。その最大の成果が今の妻なのだという。たまたま客としてやってきた時に催眠で落としたと語った。

「信じられない……」Ｍ氏は正直に打ち明けた。

「そう思うのは無理ないよ」和田は一呼吸挟んで続けた。「こんな話を知ってるか？　催眠を掛けられた人の手の平に、これは熱したコインだと嘘をついて乗せると、熱さに驚いてコインを投げ捨てるが、手の平には火傷の痕が残るという話だ」

「知らないよ……なにそれ」

「思い込みというパワーを侮ってはいけない。想像力は現実を変化させることができるんだ。世の中でいわゆる成功者と呼ばれている人たちは、自己催眠を掛けているんだよ。絶対に俺は成功するってね。自分の輝かしい未来に一抹の不安も抱かない。それが成功の秘訣さ」

「その成功者たちとお前は別だろ。お前のやってることは詐欺に等しい。女を催眠で騙しているだろ」

「おいおい、冗談じゃないよ！」和田は声を荒げた。「俺は人を救ってきたんだぞ！」

和田は催眠を掛けることによって治療が困難な人を治してきたのだという。ステージ４の患者ですら彼の前では夏風邪程度だと豪語していた。「私はこの病気に打ち勝つ」と暗示を掛ければ、人間の持つ潜在能力が引き出されて自然に治癒してしまうのだという。

「新興宗教の教祖にでもなるつもりなのか？」Ｍ氏は鼻で笑っていた。

「そんなものに興味はない。俺のやっている催眠は説教でも神の啓示でもない。ただの手助けなんだよ。本人の能力を引き出すだけなんだ。お前みたいな信じない人間には掛からないだろ

いくことになる」

「予防線を張るなよ」

うけどな」

「催眠に掛からない方が不幸なことなんだぞ。人間の持つ能力をほとんど活かさないで死んでいくことになる」

「じゃあ訊くが、例えばどんな能力を活かせるんだ？」

「霊感なんてそうだ」

「霊感だって!?」M氏の笑い声は雑居ビルの廊下にまで響いていた。「じゃあ、俺に霊が見えるようにしてくれよ！」

「霊感は特別な能力ではない。誰もが持っている。使うか使わないかの違いだ。本気で自分から催眠に掛かろうとしてくれるならやってやるよ」

「そのつもりだ」M氏は催眠が終わったら、何も変化がないことをあざ笑うつもりだった。

パチンと手を叩く音でM氏は我に返っていた。時計を見ると十分以上が経過していた。その間の記憶は何も残っていない。全身麻酔から覚めたような感覚だった。

「もう掛かっているよ。意外に素直な性格だったんだな、お前」和田は笑いながら顔を覗き込んでいた。

「もう霊が見えるのか？　全然見えないけど」

「この部屋にいないだけだ」

M氏は和田に別れを告げると帰路についた。くだらないことに時間を使ってしまったことを後悔していた。あいつはタダのペテン師だ。妻の写真もどうせ合成だろう。有名人の写真を見せるところから、既に催眠ビジネスが始まっていたのだと思っていた。

毎日のように利用している某駅に到着すると、いつもより人が多い気がしていた。なにかイベントでもあったのだろうかと思いつつ、人混みを避けながら歩いた。


自宅に戻り玄関を開けた瞬間、M氏は凍りついてた。全く知らない女が薄暗い廊下の先に立っていたのである。トイレのすぐ目の前だった。

「……誰ですか?」

そう声を掛けると、M氏は靴を脱ぐことができないまま、玄関で棒立ちになっていた。それは霊と呼ぶにはあまりにも鮮明で、指で触れられそうだった。

この日を境にして、日常は一変した。自宅、職場、飲食店など、各所に霊は存在した。年齢性別は様々で、いつも同じ場所に立っているのである。人間とほとんど見分けがつかないため、ぶつからないように回避して歩かなければいけなかった。当然生活に支障がでた。家族や友人はM氏の行動を心配するようになり、M氏も辟易していた。

「疑ってごめん……ちょっとシャレにならないわ、これ」

M氏は和田のマッサージ店に電話し、今すぐにでも催眠術を解いてほしいと懇願した。

「いいけど、二百万円用意できるのか？」

「はあ？　何いってんのお前……」

「解除するための手数料だよ」和田の声に緊張はなく、馴れた口調だった。

「そんなのおかしいだろ！」

「全然おかしくないよ。携帯も部屋も解約する時は違約金が掛かるだろ？　それと同じさ。なんでもタダだと思うな。ちなみに他の催眠術師に頼んでも外せないぜ」

M氏はお金を用意することができず、今も霊が見える生活を送っているという。マッサージ店は都内の某所に存在する。

拍手！

閼伽井尻

××駅へは、川沿いの旧道を通ると近い。車がやっとすれ違えるほどの狭い道だが、朝夕の通勤時にはけっこうな人通りがある。

その道沿いにある赤いヨダレ掛けのお地蔵さまの話。


ある人が駅へ向かって歩いていると、突然近くで「パンパンパンパンパンパン！」と乾いた音がした。

見ると、お地蔵さまに拍手をしている人がいる。背筋をピッと伸ばしたスーツ姿の中年男性だ。

（あんなところにお地蔵さまがあったんだ……）

毎日通るのに、今初めてお地蔵さまの存在を認識した。それくらいささやかなお地蔵さまだ。

拍手の男性がお供えしたのか、ココナッツサブレが袋のまま丸一本置いてある。

（お地蔵さまに拍手？）

神社でもあるまいし。と思いかけ、いやいやあれはハクシュじゃなくてカシワデでしょ、と自分にツッコミを入れる。

横目で気にしつつそのまま通り過ぎたが、男性はずっと惜しみない拍手を贈っていた。ちらりと見えた横顔は、いまにも涙を流しそうな歓喜の表情だった。


その日から、お地蔵さまに拍手する人をよく見かけるようになった。年齢性別はバラバラで統一感がない。犬の散歩中の老人が頭の上に手を掲げて激しく拍手していることもあれば、若い母親と幼稚園くらいの女の子が並んでパチパチやっていることもあった。

「なんでお地蔵さまに拍手してるんですか?」

あるとき、ついに我慢できずに訊いてみた。自分と年の近そうな女の人だったからだ。

「は?」

女の人は顔を顰めると、逃げるように去ってしまった。


翌日またお地蔵さまの前を通りかかった。

今日は誰も立っていない。やはりココナッツサブレがお供えしてある。

何気なく足を止め、お地蔵さまとココナッツサブレを眺めていると、後ろから来た人に声を掛けられた。

「あのー、なんで拍手してるんですか?」

「は?」

顔を顰め、足早に去る。
いつのまにか、両手がじんと痺れている。

夜に泣く

松本エムザ

「夜泣き石」と名付けられた石の伝説が、日本各地にはいくつかある。

夜な夜な石がさめざめ泣くという怪談めいたものと、石を撫でれば子どもの夜泣きが止まるというゲン担《かつ》ぎ的なもの。おおよそこのふたつに分類できるが、子育てを経験した者ならば、圧倒的に後者の「夜泣きが止まる石」に興味を持つのではないだろうか。

どんなに可愛い我が子でも、毎晩のように泣かれ睡眠も休息も満足に取れない日々が続けば、夜が来るのが怪談よりも怖くなる。

撫でるだけで治まると言うならば、夜泣きで頭を悩ませている親御さん方は、喜んで撫でさせて頂きますと、即刻駆けつけたくなるだろう。


加奈子さんも、そんな母親の一人だった。

ある年のお盆休みを、加奈子さんは生後半年の娘さんと一緒に、ご主人の実家で過ごした。急な仕事でご主人は同行できなかったのだが、義母や義父との関係も良好だったし、何よりご主人の実家がある北関東の山間の豊かな自然と澄んだ空気が、育児疲れの日々の良い気分転換になると考えたからだ。

義両親も加奈子さんと初孫である赤ちゃんの来訪を歓迎し、特に義母の聡子さんは、食事の支度や洗濯はもちろん布団の上げ下げなど全ての雑務をひとりでこなし、加奈子さんの身体を気遣ってくれた。生まれた直後から赤ちゃんの夜泣きに悩まされて寝不足だった加奈子さんにとって、それはありがたすぎるもてなしだった。

「夕飯前に、散歩でもしてきたら？」

酷暑の八月でも、この土地での朝夕は過ごしやすい。聡子さんに提案され、加奈子さんは赤ちゃんを抱っこして近所を散策することにした。

「こんにちは。吉野さんのところのお嫁さんだろ？　お孫ちゃんかい？　可愛いねぇ」

小さな集落ゆえか、加奈子さんと赤ちゃんの滞在を近隣住民のほとんどが知っているようで、みな気軽に話しかけてきた。

そんななか、

「こんにちは」

裏山の小さな神社の前で、加奈子さんと変わらない歳頃のお腹の大きな女性に声を掛けられた。

「こんにちは。三班の吉野の嫁です」

聡子さんに教わったとおりに挨拶をする。女性が軽装で手ぶらだったから、ご近所さんだろうと判断したのだ。

「可愛い赤ちゃんね、何カ月？」

「ちょうど半年を迎えました。そちらは？」

「臨月に入ったところなの。いよいよって感じ」

半年前の自分を懐かしみながら、加奈子さんはその女性と妊娠時や出産後の苦労話に盛り上がった。特に現在頭を悩ませている「夜泣き」について話すと
「それならイイ場所があるわ」

女性は加奈子さんをとある場所に案内してくれた。


神社から更に山道を十分ほど上った場所に、それはあった。

「『夜泣き石』って呼ばれている石なの。撫でると子どもの夜泣きが治まるって、言い伝えがあるのよ」

もはや「石」と言うより「岩」に近いサイズの灰色の塊に、白い紙が垂らされたしめ縄が張り巡らされており、どこか神聖的なものが感じられた。

「ほら、撫でて撫でて」

連日の夜泣きに、ほとほと疲れ果てていた加奈子さんは、神にでも縋りたい気持ちだったので、女性の言葉に素直に従った。

石はひんやりと冷たくて、加奈子さんの手のひらから熱を奪っていく。そろそろいいかなと手を離そうとすると
「撫でれば撫でるほど、ご利益があるわよ」

背後にいた女性が煽ってくる。

「はぁ……」

片手で抱っこの姿勢も苦しくなり、石の冷たさのせいか指先まで痺れてきた。

「えぇと、私そろそろ……」

赤ちゃんがぐずりだしたのを理由に、帰ろうとすると
「大丈夫。私があやしていてあげるから、ホラ」

女性はなかば強引に、赤ちゃんを加奈子さんから取り上げようとする。

「結構です！　すみません、もう日も暮れてきたので」

少々キツめの声が出てしまったなと思いながらも、女性にただならない雰囲気を感じた加奈子さんは、足早にそこから立ち去った。

結局その夜も、娘さんは激しく夜泣きをし、加奈子さんまで疲れからか発熱し、散々な夜となった。

「『夜泣き石』を撫でたのに、まったく利きませんでしたよ」

熱が下がった翌日、加奈子さんは苦笑いで聡子さんに前日あった出来事を告げた。すると
「……加奈子ちゃん、それどこの話？」

聡子さんの顔がみるみる青ざめていく。

「どこって……」

加奈子さんは事細かに「夜泣き石」があった場所、そこを薦めてくれた若い妊婦の説明をした。

黙って聞いていた聡子さんは、加奈子さんの話が終わると、静かに口を開いた。

「加奈子ちゃん、そこにはもう二度と行っちゃダメよ。あの石を撫でても夜泣きは止まらない。あの石はね、不運な事故で亡くなった人たちを祀っている石なんだから」

以前、あの付近の洞窟から有毒なガスが発生し、近くで山菜採りをしていた人たちが亡くなる事故が起きた。以降、あの一角は立ち入り禁止になったのだが、毎夜あの大石から、女性の泣き声のような音が聞こえてくるという噂が広まった。

慰霊の為に石には祈祷が施され、現在ではガスの発生も収まっているが、地元の人間は気味悪がってわざわざ訪れる場所ではないという。

「じゃあ、どうしてあの妊婦さんは『夜泣きに効く』なんて言ったんでしょう？」

というより、あの女性は地元の人ではなかったのだろうか。

加奈子さんの疑問に、なぜか聡子さんは言葉を濁して答えてくれなかった。

夏休みが終わり、東京の自宅に戻った加奈子さんは仕事と育児に追われ、しばらく石のことは忘れていた。

師走に入り、年末年始はまたご主人の実家で過ごそうと連絡を入れたところ、

「今回は私たちがそっちに行かせて」

と、聡子さんから提案があった。

その後も盆暮れのたびに、義両親は加奈子さんたちの訪問を断るようになり、気づかないうちに何か失礼なことをしてしまったのかもと、加奈子さんは不安になった。

しかし、娘さんが三歳の七五三を迎えたとき、加奈子さんは聡子さんから、ようやくその理由を聞くことができた。

原因は、あの石だった。

「あのときは、本当のことが言えなくてね……」

そう前置きをして、聡子さんは石にまつわる真実を話してくれた。

あの場所で、過去に人を死に至らしめる成分を含んだ気体が発生していた事実は、記録としても残されている。しかし、亡くなったのは山菜採りに来た人たちではなく、飢饉や貧困を理由に子減らしの為にあの場に捨てられた子どもたちだった。

遥か昔、江戸の時代の頃。

よその村からあの土地に嫁入りした娘が子どもを産んだ。赤ん坊は痩せっぽちの女の子で顔色も悪く泣き声も弱々しい。きっと長くは持たないだろうと、嫁の寝ている間に夫と姑はその子を石の傍に捨てに行った。

それに気付いた嫁が駆け付けたときには、山に棲む獣に無残にも食いちぎられた我が子の亡骸が残されているだけだった。

絶望のあまり、嫁は自分の身体を石にくくりつけ、毒ガスを吸って自らの命を絶った。

以降、村では若い妊婦がどこからか現れて、小さい子供や赤ちゃん連れの母親に声を掛け、石の場所へ誘ってくるという噂が流れた。

女に誘われて、石の近くに長くいた為に高熱に冒されたり、幻覚を見たりする者がいまだになくならないのだと。

お腹の大きな姿で現れる女は、愛する子どもを失った母親の一番幸せだった頃の姿なのだろうか。

彼女は人々をあの場に誘い込み、どうしようとしているのだろうか。

あの世への道連れか？

それとも、悲惨な過去を忘れないでほしいという、無念の死を遂げた彼女のメッセージか。

「そんな噂、信じていなかったんだけど、あのとき加奈子ちゃんが会ったっていうのが『若い妊婦さん』って聞いて怖くなっちゃってね」

あの夏、加奈子さんたちが東京に戻ったあと、聡子さんは近隣の家々を尋ね回ってその女性を探したが、誰もその存在を知らなかった。そのかわり住民は一様にして「それは『夜泣き石』の女では」と不安げに声を潜めた。

「だからね、加奈子ちゃんや孫ちゃんにもしものことがあったらと思うと、気軽に遊びに来てって言えなくなっちゃったの……」

寂しそうに語る聡子さんは、この数年でめっきり老けこんで見えた。

数年後、加奈子さん夫婦は義両親を呼び寄せ、都内近郊の二世帯住宅で一緒に暮らし始めた。

聡子さんは、以前通り明るく元気になり、息子家族と仲良くやっているそうだ。

ちっさい猫

閼伽井尻

雑談の流れで、こびとの話になった。

【ちっさいおっさん】はよく聞くけど、ちっさいお姉さんや赤ちゃんはいないのか。ちっさいおっさんの家は、ちっさい大工のおっさんが建てたのか。ちっさいおっさんが家で飼っているのは、やはりちっさい犬や猫なのか。ミジンコやゾウリムシを金魚感覚で飼っているんじゃないか。などと、くだらないことを言い合いゆるく笑っていた。

すると、【ちっさい猫】なら知っているという人がいた。

その人を仮に大塚さんと呼ぼう。

大塚さんの自宅のブロック塀には、いつもたくさんのカタツムリがへばりついている。一日中日陰でじめじめしているため、過ごしやすいのだろう。そこへ近くの小学生たちが集まってきて、カタツムリをいじって遊んでいる。何度となく挨拶を交わすうち、すっかり顔馴染みになったそうだ。

大塚さんは子どもたちによほど気に入られたらしく、あるときカタツムリの秘密をこっそりと明かされた。

カタツムリが殻に閉じこもっているところをパッとひっくり返すと、まれに【ちっさい猫】がシュッと奥へ逃げることがあるらしい。猫は異変を感じると素早く殻に蓋をしてしまう。そうなると普通のカタツムリと見分けがつかない。とにかくスピード勝負なのだと、子どもたちは熱を入れて語った。

殻に蓋をされても、運がよければ猫の鳴き声が聞こえるらしい。殻を乱暴に振り回したり、自分の耳に当てたりしている子どもに何をしているのか訊くと、そういう理由だった。

「テツオくんが一番上手いんだ〜、見つけるの」

「いつもテッちゃんがコレ、って教えてくれる〜」

そのテツオくんとやらが、おそらく噂の発生源だろうな、と大塚さんはぼんやり考えた。

ある日、大塚さんが帰宅するとブロック塀のそばに誰かいる。

真剣な様子でカタツムリを次々剥がしては、殻の中を覗いている。見ない顔だ。

声を掛けるも、作業に集中しているのか返答は無い。

大塚さんがもう一度呼びかけようとしたとき、

「あっ!」

彼はカタツムリ片手に興奮した声を上げた。

「いたいた！　猫！　ちっさい猫！」

突然のことに驚き、一歩下がる大塚さんの顔面に、

「見て見て！」

と、カタツムリの殻が押し当てられた。両手で制しながら殻を見るが、ごく普通の蓋を閉ざしたカタツムリにしか見えない。

大塚さんの反応が不満だったのか、

「ほら！」

今度は耳元に殻を持ってくる。


「で、聞こえたんですか？　猫の鳴き声」

「うん。いや……うん、うーん」

「どっちなんですか？」

「いやあ、聞こえはしたんだけど。あれは猫じゃなくて――」

悲鳴。女だか子どもだか、ちょっとわからないけど。

それは鼓膜がびりびり震えて視界が眩むほど、強烈な叫びだった。ボリュームを最大限にし

たイヤホンを耳に突っ込まれたようだったと、大塚さんは言った。

ハッと気を取り直したときには誰もいなくなっていた。大塚さんはもつれる手で鍵をあけ、急いで自宅に入った。

「ちょっと迷ったけど、通報はしてないんだよね。もし次来たら警察呼ぼうと思ってるんだけど」

「警察？」

「だって、夜中に自分んちに知らないおっさんがいたら怖いし」

大塚さんが終電で帰宅した日の出来事だそうだ。

そのずんぐりと肥った中年男がテツオという名かどうかは、大塚さんにはわからない。ただそれ以降カタツムリで遊ぶ子どもたちを見ても、声を掛けることはなくなった。

今でもときおり「いた！」「猫！」と騒ぐ子どもの声が、家の中にいても聞こえてくるのだという。

ポケットティッシュの中の闇

三石メガネ

それを知ったのは、街を歩いているときのことだった。

物理が休講になり、同じクラスのヒデが遊びに行こうと言い出した。目的はない。ただブラブラするだけなのだが、特に予定もないので了承した。

「あれ食わねえ？」

俺がクレープ屋を指すと、ヒデは八重歯をむき出して笑う。

「あんなベタ甘なのよく食えるよな。待っててやるからお前だけ行けよ」

結局、俺ひとりでチョコバナナクレープを買った。背を丸めて食べ始めると、ヒデが手を叩いて「似合わねえ」を連呼する。

「男がクレープ食っちゃ悪いのかよ」

「剣道部主将が真面目腐った顔で口の周りにチョコつけてるのは失望の一言だわ」

辺りを見回す。数メートル先の歩道に、ティッシュを配っている若い女がいた。目が覚めるようなピンク色のユニフォームを着ている。

丁度いいのでそのまま進み、まんまとポケットティッシュを貰った。貰ったというより、有無を言わせず押しつけられたという方が近かった。

「めっちゃねじ込まれたんだけど。指と指の間のほっそいティッシュ一個分スペースに、無理やり二個だぜ」

「便利だし良いじゃん」

さっそくティッシュで口元を拭う。

「そういえばさ」

軽い調子でヒデが切り出した。

「たまーに、こういうポケットティッシュって当たりがあるらしいぞ」

「なんだそれ」

「ほら、取り出し口の後ろにチラシ入ってるじゃん？　これの裏に、たまになんか書いてあることがあるんだと」

言いながら、ヒデは自分のポケットティッシュから広告紙を取り出す。

「当たったらティッシュもう一個とか？」

「つくづくお前には失望だわ」

確かに、当たりがあると言われたらポケットティッシュの広告効果はぐっと上がるだろう。

「ま、クーポン程度だって当たりゃ嬉しいかもな」

「クーポンじゃねえって」

言葉を切り、ヒデはにやりと笑った。

「噂だと『エミちゃんの秘密』が隠されてるらしいぜ」

「は？　誰それ」

「な、俄然興味出てきただろ。分かったらお前もそれ確認しろ」

「興味より疑問しか湧かねえよ。まず誰だよエミちゃん」

「知らねえけど、女の部屋の中とか見られるようになるらしいぞ。絶対エロいやつだろこれ」

あっ馬鹿だ、と俺は思った。

「なんで知らねえ女の私生活情報なんかポケットティッシュに仕込む必要があるんだよ」

「それは当たった奴だけが分かるお楽しみだろ」

「どの会社のティッシュが対象商品なんだ？」

「さあな」

ヒデが首をひねる。要するに、ただの噂話だ。

「けど、実際興味湧いてきたじゃん？　その時点でもうお前は広告会社の思うつぼなわけよ」

そして、自然と話題は別のものに移った。俺はティッシュをポケットにねじ込んで、それきりその話は忘れてしまった。

思い出したのは、二日後の夜だ。

その日は特に寒く、自室で鼻をかもうとティッシュボックスに指を突っ込んだ。しかし一枚も残っていない。

「あ、そういえば」

ベッドわきに放置されていた二日前のデニムパンツのポケットを探る。二つともあった。洗濯する前に思い出せてよかったと安心しつつ、ヒデの話を思い出す。

「……あれ、ガセだよな」

広告効果を上げるための仕込みならば、まず当たりがあることを宣伝しなければ意味がない。そう思いながらも、俺は二つのポケットティッシュから広告紙を抜き取った。なんの変哲もないカードローンのチラシだ。二枚とも裏を確認する。

「書いてあるわけねえか」

そのままパソコンデスクの脇にあるゴミ箱へと持っていく。放り入れる直前、もう一度だけ顔を近づけた。指の下に薄いインクで何かが印字されている。

「……ん？」

親指をどけてまじまじと見る。右端の下に、かすれたインクでこう書かれていた。

『34.941149,XXX.119444』

製造番号か何かだろうか。まさか、これが噂の『エミちゃんの秘密』ではないだろう。文章になっていないどころか日本語ですらない。

パソコンを立ち上げ、この数字を検索してみる。ヒットしない。何かのＵＲＬだろうかと考え、通信プロトコルをつけ体裁を整えてアドレスバーに打ち込む。なんのページも引っかからなかった。

ガセに踊らされたのか。

しかしその後もなんとなく気になっていた。ティッシュを使うたびにヒデの噂話が脳裏をよぎる。

そして数日後、パソコンで調べ物をしている最中に、ふと閃いた。

「もしかして……座標か？」

グーグルマップのページへと飛ぶ。左上の検索バーにあの数字を打ち込み、半信半疑でエンターキーを押した。

「……出た！」

これは位置情報だったのだ。×県×市の地図が、右画面に表示される。細い道が血管のようにぐねぐねと伸びていた。

次に右下にある人型のアイコンにポインタを合わせた。ドラッグし、先ほど座標が示した場所へと落とす。こうしてストリートビューを使うことで、あたかもその場所を歩いているかのような風景を連続的に見て回ることができるのだ。

吸い込まれるように映像が流れる。

現れたのはどこにでもありそうな田舎町だ。中央に白線のない道路の両脇に、建物がまばらに並んでいる。ぐるりと辺りを見回すと、ほとんどが平屋建ての民家だった。材木が山と積まれた広い一角もある。△△木材店と書かれた建物が、そのわきに建っていた。どこも壁の色は退色し、ペンキは剥がれ、相応の年月が流れたことを感じさせる。しかし車が走っていたり、自動販売機があったりと、人の気配も確かに感じられた。

その中で一か所、不気味な家がある。

赤錆のような色をした屋根の二階建てだ。壁は木材で作られているようだが、妙に黒い。煤けたような黒ではなく、そこだけ画質に異常が出たようなべったりとした黒なのだ。細かく視点を調整するたび、壁面の黒が波打つようにみえる。窓ガラスもきっちりとはまっているし、どこか壊れているわけでもないから、廃屋ではないのだろうけれど。

何気なく、黒いドアにポインタを合わせる。すると丸で囲まれた大きな矢印が現れた。

「えっ？」

俺は困惑しつつもクリックした。画面が移動し、薄暗い玄関が表示される。

「……嘘だろ」

信じられない。
様々なショップが対応しているのは知っていた。ストリートビューで街歩きを体験しつつ、気になった店にはクリック一つで入店できるのだ。実際に訪れなくても雰囲気が分かるし、飲食店だとメニューが確認できるのもありがたい。しかし実際は対応していない店舗も多かった。ましてや、民家に入れる仕様など聞いたこともない。

――「女の部屋の中とか見られるようになるらしいぞ」。

ヒデが言っていたのを思い出す。つまりこれが『エミちゃんの秘密』というわけか。とすれば、やはりこれは大掛かりなプロモーションの一環だろう。何のかは分からないが。

玄関からまっすぐに伸びる、薄暗い廊下をクリックする。
一気に廊下の中ほどにまで移動した。左右にはドアがあり、突き当たりはリビングらしき部屋へと続いている。左右のドアを試したが開かなかった。奥へと進み、リビングの入り口に立つ。左手には二階へと続く階段があった。生活感はあるものの、どこもかしこも薄暗くて気味が悪い。
リビングに足を踏み入れた。

中央に座卓があり、コップやリモコンや郵便物が置かれていた。その奥は台所だ。汚れた食器がシンクにあふれている。床には衣服や本やカバン類が散乱し、座布団が大きくずれて置かれていた。

こんなにも生活感はあるのに、住人だけがいない。抜け殻のような生気のない部屋に不穏なものを感じた。そっとウィンドウを閉じた方が良いのではないかという気さえしてくる。

あとは二階を見るだけだ、と自身に言い聞かせた。そうしなければまたヒデに笑われるような気がしたからだ。つまらない意地と好奇心に負け、廊下に戻ったのち階段をクリックする。

二階には一部屋しかないようだ。正面に、両開きの襖がある。クリックすると、扉をすり抜けて室内の映像がズームアップされた。

広い畳敷きの部屋だ。おそらく寝室だろう、畳まれた布団が、部屋の隅に乱雑に積み上げられている。絵本が三冊散らばっていた。左手には窓があり、その手前に鴨居がある。

そこに、三人が並んでいた。

「…………は」

声になりきれない吐息が喉の奥で潰れた。間違いなく人だ。逆光で薄墨色になっているが、成人女性と子供が二人、頭をそろえて並んでいる。

首吊り死体だ。

とっさにモニターから身を引く。顔を背けたいのに、どうしてもできない。マウスを取り落としてしまい、けたたましい落下音に身をすくめた。

左の女は四十代ほどだろうか。舌が異様に長く、あごよりも下まで垂れさがっている。おそらく、隣に並ぶ二人の子供の母親だろう。

真ん中の女児は小さく、大体三歳ほどではないかと思われた。幼児特有のふっくらとした顔の下を、太い紐が細く強く締めあげている。体形は丸っこいのに首だけが細長い。そのアンバランスさが生々しかった。

そして右端は、小学校高学年くらいの少女だ。逆光なのでほかの二人の表情は陰になっているのにもかかわらず、彼女だけはくっきりと顔が浮かび上がっている。

零れ落ちそうなほど目を剥いていた。大きな黒目が俺に向けられている。けれど一目で死者と分かる、虫食い穴のような光のない目だ。

口が大きく開かれている。中から赤黒い液体があふれて、ウサギの描かれたパジャマを染めていた。

弛緩したほかの二体に比べ、その少女の左手は重力に逆らっていた。まるでモニターの向こうにいる俺へと差し出すように、拳を持ち上げている。透明な液体がつま先を伝い、窓からの陰気な陽を反射していた。それは母親と弟も同じで、浮いた足の下には三人分の水たまりができている。

震える手で、なんとかマウスを拾い上げた。その拍子に中央のホイールを回してしまう。

少女の遺体が、画面いっぱいに表示された。

「うわあああああっ！」

濁った黒目がモニター越しに睨んでいる。その手前に、握りしめたままの少女の手が映り込んでいた。指のあいだには大量の毛髪が挟まっている。どれも短く、黒かった。人差し指の爪が剥がれ、辛うじて引っかかるようにぶら下がっている。首を吊るとき、縄を掻きむしったためだろうか。

耐え切れず、口を押さえた瞬間だった。

ピ――――――――――――――――――――ッ

突然モニターが真っ青になった。目まぐるしく英文が表示されていく。大音量のビープ音が、悲鳴のように響いた。

「な、な、なっ……！」

瞬く間に白い英文が画面を埋め尽くした。狂ったように文字を吐ききったのち、唐突に真っ黒になる。プンと小さな音を立てて、それきりパソコンは沈黙した。

心臓が弾けんばかりに脈打っている。

パソコンは壊れてしまったかもしれないと思ったが、確認する気にはならなかった。触れたくない。それ自体がひどくおぞましいものに思えた。

大体、おかしいところが多すぎる。あの少女は本当に死んでいたのか。どこからどう見ても本物の死体にしか見えなかった。それなのに、俺が間違えてズームアップしたとき、少女の顔のすぐそばに左手が映り込んでいた。直前に見た全体図では、せいぜい腰のあたりまでしか手を持ち上げていなかったのに。

「い、イタズラか……？」

ＣＧか特殊メイクで作ったのだろうか。そうであってほしいし、きっとそうなのだと思い込もうとした。けれどできない。それほどあの映像は生々しく、不可解だった。

パソコンのそばにはいたくないので、席を立つ。部屋の反対側にあるベッドに腰を下ろした。もう夜遅くはあるが、到底寝られそうにない。

居ても立ってもいられなくなり、スマートフォンを取り出す。『エミちゃんの秘密』と打ち込んで検索した。有名な都市伝説らしく多数ヒットする。どの記事もここ最近、一、二年内に書かれたものだ。噂の大筋はヒデから聞いていた通りなのだが、詳細は各サイトによってバラバラだった。

――ポケットティッシュに書かれているのは、異世界に行くための呪文だという説。

――自殺したエミちゃんの作ったサイトのアドレスが書かれていて、アクセスすると呪われるという説。

——友達を作るため、エミちゃんの霊が広告の裏にラインＩＤを書いて登録してくれる人を待っているという説。

どれも今一つピンと来ない。

次に、グーグルマップの指し示した『×県×市』と『エミちゃんの秘密』で調べた。引っかからない。検索ワードを少しずつ変えて試行錯誤する。

そして『×県×市』『えみ』『首吊り』で検索したときだった。

「これだ……！」

×県で起きた一家三人の無理心中。女児二人が母親に殺され、母親自身も娘たちの隣で首を吊った。その姉妹の姉の名前が「井《い》淵《ぶち》恵《え》実《み》」なのだ。つまりエミちゃんとは、井淵恵実のことではないか。

詳細を読み進める。

——三年前、×県×市の住宅街から通報があった。「妻と子供が自殺した」という、井淵猛志（当時三十九歳）からの通報だった。彼は夜十時ごろに仕事から帰宅し、家族を起こさないようにリビングのこたつで寝たという。しかし朝になっても誰も起きてこなかったので、不思議に思い二階の寝室へと向かった。そこで、鴨居からぶら下がった妻子三人を発見したのだ。

床には妻の携帯電話が置かれており、育児に疲れた旨の遺書らしき文章が書かれていた……。

スマホを持つ指先が、しびれるほどに冷たい。

パソコンが映した光景は、三年前に井淵猛志が実際に見た光景だったのだ。一番心穏やかでいられるはずの我が家で起こった、突然の悲劇。愛する妻は娘を吊るし、自らも命を絶った。夫だけを遺して。

先ほどまで感じていた恐怖が悲しみに代わっていく。

おそらく娘二人は寝ている間にわけも分からぬまま殺されたのだろう。井淵恵実は何が起こったのか知ることもできずにこの世を去った。

「だから、友達を作ろうとした……？」

死んだことにすら気付かずにそんな行動をとっているのだろうか。書かれていたのはラインのＩＤではなかったけれど。

しかし、何かがおかしい。

この都市伝説の名は『エミちゃんの秘密』なのだ。エミちゃん＝井淵恵実ということは秘密というほどのものではない。事件の詳細も、実名付きでこうして公開されている。俺が少し調べただけで分かってしまうことばかりだ。

では、一体何が秘密だったのか。

スマホの記事を精読する。パソコンはやはり触る気にはなれなかった。目を閉じれば嫌でも先ほどの映像がよみがえる。二度と思い出したくはないのに。

そうして映像の記憶と記事内容とを行き来しているうちに、ふと疑問が浮かんだ。

「……携帯電話なんてあったか？」

寝室の畳に絵本が散らばっていたのは覚えている。寝る前に子供たちに読み聞かせたのだろうか、三冊あった。しかし携帯電話には気づかなかった。本当に置かれていたのだろうか。

ほかにもある。恵実が握っていた毛髪はなんだったのか？　記事にはそのことについて一言も書かれていない。彼女が首を吊ったことで死んだのならば、あの重力に逆らった左手はなんだというのだろう。しかも、その後ズームしたときにあの手の位置は動いていた。

もしそれが、死んだ恵実の意思だとしたら。あの左手にこそ彼女の秘密があるのではないか。

目を閉じて、恐る恐る思い起こす。

指の間に挟まっていた毛は短かった。母親も恵実も髪は長く、どちらのものでもなさそうだ。妹の毛は短いが、柔らかな細い髪質だった。後方の窓から注ぐ陽に照らされて、紡ぐ前の絹のように見えたのを覚えている。恵実が見せつけるように差し出していた毛は、短くはあるがもっと太かった――まるで、俺やヒデのような。

「大人の男……？」

そう言えば、彼女の父親はどんな髪型なのだろう。唯一の生存者の顔写真は検索をかけても出てこない。遺族のプライバシーが守られるのは当然のことだ。けれど、何かが引っかかる。

画像検索から普通の検索へと切り替えた。

井淵猛志という語を含むページの一覧が表示される。

意外なことに、一家心中についての記事ばかりではなかった。その後にまた、彼に関する別のニュースが配信されているのだ。

ニュースになるような何かが、彼の身に再び降りかかったらしい。


『○○市で事故　バス運転手を逮捕』


一昨年に起きた交通事故だ。井淵猛志は当時妻子と暮らしていた×県から離れ、○○市の路上にいた。くだんのバスが青信号で直進してきたところに、飛び出す形で突っ込んだという。「頭を強く打ち、搬送先の病院で死亡が確認された」らしい。

加害者であるバスの運転手は「まるで何かに引きずられるように飛び出してきた」と供述した。

ふと嫌なことを思い出す。「○○を強く打って」というニュースの表現は、つまりそこが原型をとどめないほどに激しく損傷していることを表すニュースの隠語ではなかったか。

バスの巨大なタイヤに潰される井淵猛志を想像してしまう。首から上の損傷で死亡した父と、首吊りをして死んだ母子。因縁めいたつながりを感じるのは考えすぎだろうか。

スマホを置き、ため息をつきながら目頭を揉む。

頭の中で、点と点とが繋がっていく。

母子の死亡直後には置かれていなかった携帯電話。そして、誰でも打ち込める携帯電話に残されていた遺書。父親は家族と過ごした家を去り、別の街へと移った。そのわずか一年後には、何かに引きずられるようにしてバスの前に飛び出している。一方で、恵実の左手には誰かの髪を掴んで思い切り引きずったかのような毛髪が遺されていた。

つまり、これこそが『エミちゃんの秘密』なのではないか。

彼女は死後、バスの前に父親を引きずり出した。彼を殺し、その証拠を見せつけるようにモニターに向かって差し出した。

「……心中じゃなかった……？」

井淵恵実の死の秘密を、秘匿された真実を、彼女は知ってもらいたかった。死してなお父の罪を訴え、広めようとした……。

もしそうだとしたら理由は一つしかない。

大好きだった母の、無実の罪を晴らしたかったのだ。

その後、いつの間にかあのポケットティッシュの広告紙はなくなっていた。パソコンも故障こそしてはいなかったが、履歴が全て消えていた。

グーグルマップでそれらしいところをしらみつぶしに探したが見つからない。残ったのは真っ白なティッシュだけだ。

今も恵実ちゃんは、どこかで母の無実を訴えているのだろうか。

コインロッカー

砂神桐

子供の頃からずっと大切にしてきた熊のぬいぐるみ。目とおなかが真ん丸で、見たまんま『まる』と名づけた。

家にいる時はもちろん、遠出の時なども手放さず、いつも一緒にいるのが当たり前だったけれど、中学生にもなって、いつまでもこんな物を持っているのは恥ずかしいことだと、学校へ行ってる間に母親に捨てられた。

辛くて悲しくて、一年以上経った今でも『まる』のことを引きずっている。

無理だと判っているけれど、もう一度あの子を取り戻して抱きしめることができたら。

そんなことばかりを考えていたけれど、ある日、それが叶うかもしれない噂を聞いた。

空のロッカーに鍵をかけ、利用期限ギリギリの日まで放置する。その状態のロッカーに、表示されている金額のお金を入れても鍵が開かなかったら成功。追加であと百円を投入すると鍵が開き、ロッカーの中に失くした物が入っているというのだ。

ただこの話には一つだけ注意点があった。それは、何があっても絶対にロッカーの利用期限を超過してはいけないというものだ。

自宅から一番近い位置にあるのは駅のロッカーだ。学校帰りに駅に立ち寄り、使用方法などが書かれた注意書き確認する。

ここのロッカーの使用期限は四日間。これだけはしっかり頭に入れておかないと。

ぬいぐるみは一番小さなサイズのロッカーに充分収まるものだから、空いている所に表示金額分の百円玉を入れ、鍵をかけた。

注意書きに、ここのロッカーは午前零時を過ぎると延長料金が表示されると記されている。

つまり、四日で千二百円だから残りの金額は後九百円。そこにプラスしてもう百円。

もしも聞いた話がただの噂だったら、お小遣いを千円以上も無駄にしてしまうことになる。

でも逆に、この金額で『まる』が戻ってくるなら安いものだ。

どうかあの噂が本当でありますように。

閉じたロッカーに祈り、私は失くさないよう、ロッカーの鍵を鞄の奥底にしまい込んで家に帰った。

翌日、用もないのに駅に立ち寄ってロッカーを眺めると、値段の部分に延長料金が表示されていた。

この中に、もう『まる』はいるのかな？　それともやっぱり、取り出すのが期限ギリギリだから、四日目にならないと戻ってこないとかなのかな？

わくわくしながら二日目と三日目を過ごし、四日目の放課後、私はいそいそとあのロッカーの元へ向かった。

「何で!?」

ロッカーを見るなり、その一言が私の口から飛び出した。

私が選んだロッカーが開いている!

この駅にあるコインロッカーはここだけだ。場所を間違えているということはあり得ない。

もしかして、入れたロッカーの位置を間違えて覚えていた?

慌てて鞄から鍵を取り出そうとしたけれど、どこにも鍵が見当たらない。

しっかり鞄の奥にしまって管理していたのに、知らない間に落としてたの? それを誰かが拾って、ここのロッカーの鍵だと気づき、ロッカーを開けてしまった?

でも普通に考えて、延長料金が発生している、誰が何を入れたのかも判らないロッカーを勝手に開けたりする人はいないだろう。

落とし物として鍵を駅員に届け、その上で駅員が開けたとか?

だけどロッカーの使用期限は今日まで。中身を取り出すのは期限が過ぎてからの筈だから、中を確かめるとしても明日までは待つだろう。

ロッカーが開いてしまっている理由がまるで判らなくて、私は反射的に、ロッカーの側面に貼られている注意書きを見た。そして、ロッカーの使用期限の日にちに目を疑った。

三日。四日ではなく三日と書いてある。

先一昨日に見た時は確かに四日だった。でも今確認した注意書きには確かに三日と書いてある。

小型ロッカーの金額が三百円。中型が四百円とあるから、『まる』を取り戻せるかもしれない事態に興奮して、中型の値段の『四』という数字を、頭の中で使用期限の日数と置き換えてしまったのだろうか。

何にしても、私は使用期限を破ってしまった。

絶対に超過してはいけないと言われている使用日数。過ぎてしまったらどうなるの？

恐る恐る、もう開いているロッカーの中を確かめる。その暗いスペースの奥の方に、何かが入っているのが見えた。

駅員が開けたのなら中身は取り出されている筈。そもそも、ロッカーが開いている段階で、超過料金が表示されている筈もない。

なのに、扉の開いたロッカーの値段表示部分には、もう鍵が戻った状態なのに超過料金の値段がはっきりと表示されている。

今からでも、この金額と追加の百円を払えば何とかなる？

そう信じたくて、鞄から財布を取り出した私の耳に、ロッカーの中から声が聞こえてきた。

『モウ駄目ダヨ。モウ遅イヨ。チャント迎エニ来テクレナカッタカラ、モウ、元ノ僕ジャナイヨ』

機械音のような声。それを発しているのは、戻ってきたけれど、もう『まる』であって『まる』ではない何か。

あの噂は本当だった。特に、何があっても絶対に利用期限を守らなければいけないという部分。それを私はこんな形で証明してしまった。

ロッカーの中で黒い何かが蠢く。それを、足が凍りついたようにその場から離れることのできない私は、絶望だけを湛えた瞳で見つめた。

試験の話

東堂薫

瑞希《みずき》の学校には古い怪談がある。

三年一組の教壇に大学ノートを置いておくと、テストの答えを教えてもらえる……というのである。

教えてくれるのは、ずいぶん前にこの学校の生徒だった女の子だ。とても成績優秀で、将来を嘱望《しょくぼう》されていた。だが、運悪く、センター試験（当時は共通一次と言ったらしい）の前日、交通事故で亡くなった。

その子は三年一組の学級委員だった。めんどう見がよく、みんなに宿題の答えを教えていた。だから、教壇に問題を書いたノートを置くと、解答を教えてくれるのだという。

「そんなの、なんの役に立つの？　だって、参考書なら答え見ればいいし、ネットで調べられるし」

このウワサを教えてくれた友達の美香《みか》に対して、瑞季はそっけなく答えた。

瑞季の成績はよくも悪くもない。将来はネイリストになるという夢があるから、大学に入学する必要もない。だから、瑞季にとっては、なんの価値もない都市伝説だ。

「瑞季はいいよね。センター試験、受けないもんね」

「うん。お姉ちゃんの美容院で手伝いながら、ネイリストの資格とるんだぁ」

「いいなぁ。あたし、次の期末、いい成績とらないと推薦枠きびしいんだよね……」

「だからって、変なことしないでよ？　だって、そういうのって、なんか怖いよ。幽霊でしょ？タダで答え教えてくれるっていうのも、なんか信じらんないよ」

「…………」

美香がだまりこんだのには、わけがあった。

やはり、いいウワサだけではなかったらしい。

そのとき、美香は教えてくれなかったが。

「大丈夫だよ。そんなことしないよ」と言っていたくせに、瑞季にナイショで実行したようだ。

実行するのは、教室が夕焼けにそまる放課後でなければならない。それも必ず、一人で三年一組の教室に入らないといけない。

いつも、瑞季は美香と一緒に帰るのだが、その日は美香が忘れ物をしたからさきに帰ってくれと言いだした。

「べつに待ってるけど?」

「いいよ。ちょっと、担任にもプリント渡さないといけなかったから」

「ふうん?」

「じゃあ、明日ね」

「うん。バイバイ」

おかしく思ったが、美香が急いでるようなので、そのまま見送った。


次の日から学期末テストだった。

美香はもともと頭がいい。しかし、それにしても、そのときの成績はひじょうに優秀だった。担任の教師も驚いたほどだ。

「山田。がんばったな」

そう言って、先生から満点の答案を返された美香は、とても嬉しそうだった。


そのあと、冬休み中に模擬試験があった。

センター試験前の最後の模擬だ。

瑞季は進学しないので受けなかったが、美香がキリキリしているのはわかった。

模擬試験の前日、夕方ごろに瑞季は飼い犬の散歩をしていた。

めずらしく晴天の日で夕焼けが怖いほど赤かった。

高校の前を通ったとき、瑞季は校門のなかへ入っていく美香を見かけた。思いつめた顔をしていて、印象に残った。

お正月に美香と初詣に行った。美香は模擬試験の結果がよかったらしく、上機嫌だった。

「推薦枠とれたよ。次の日曜、試験なんだ。今の成績なら確実だって」

そう言っていたのに、推薦試験に落ちた。

美香はそれでも希望校に入りたくて、一般入試を受けるという。センター試験までは、もうあまり日にちがなかった。

「でも、次は大丈夫だよ。絶対、受かるから！」

美香があまりにも自信ありげだから、瑞季は不自然に思った。

「ねえ、もしかして、前に言ってた都市伝説、試してないよね？」

「なんのこと？　知らない」

しかし、美香はやっていたのだ。

知っていれば、止めたのに。


センター試験の日は大雪だった。

美香は試験会場につく前に、交通事故にあって急死した。

乗っていたタクシーが玉突き事故にあって、車外になげだされた美香は、後続車をふくめ、三度もひかれたという。


美香の葬儀の席で、友達の優梨《ゆうり》から聞いた。


「ねえ、知ってる？　三年一組の霊の話」

「試験の答えを教えてくれるっていう、あれでしょ？」

「そう、それ。あたし、美香から聞いたんだけどね。あれ、ヤバイよ。どんな問題でも正しい答えを教えてくれるんだけどね。三回、教えてもらうと、大変なことになるんだって」

「えっ？」

「その子、ほんとは試験会場へ行きたいの。だから、自分のかわりに教室でみんなに教えてくれる子を探してるの。その子に三回教えてもらうと、つれていかれるって話だよ」

優梨は、チラッと、美香の遺影をながめた。

そう。きっと、美香はやったんだと思う。

遺品の鞄のなかには大学ノートが入っていた。美香の文字でビッシリと入試の過去問や模擬対策の問題が書かれていた。それに答える別の誰かの文字は、まるで血のように赤かったという……。

フリック入力

閼伽井尻

語尾が「でふ」になっちゃうこと、けっこうあるよね。

そう、スマホで。フリック入力。です、って打とうとして指がズレちゃうの。大抵すぐに気が付いてなおすんだけど、たまにそのまま送っちゃって。なぜ急にデブ口調？　とか、ツッコミ入れてくれたほうがまだマシ。スルーは地味につらい。

そういえばこのあいだの話なんだけど。

うちに遊びにくる彼氏に、コンビニスイーツ買ってきてってＬＩＮＥしようとしたの。

コ・ン・ビ・ニ、って入力しようとするんだけど、それが何回やっても、

こ・ゆ・び……


になっちゃって。打っては消し、打っては消し――ってするんだけど、焦ると裏目だね。「こゆび」だけで送信しちゃった。三回も。ようやく落ち着いて「コンビニで甘いもの買ってきて」って送信できたと思ったら、そのときインターホンが鳴ったの。

もう彼氏来ちゃった！　もっと早く言っとけばよかったー、なんてヘコんでたら、彼氏コン

ビニ袋持ってんの！　めっちゃ気ぃ利く！　もちろん既読ついてないし、完璧な以心伝心ってやつ。

さっきの「こゆび」は間違いだから気にしないで、って先回りして言ったら、彼氏がスマホ確認しながら、「どんだけ必死なの。甘いものに飢えすぎ」って笑って。それからすぐに変な顔して黙っちゃった。どうしたのって訊いたら、

「さっきのコンビニの店員、小指、無かったよ。三十くらいの女の人」

——結局その日はあんまり盛り上がらなくて、彼氏には早めに帰ってもらった。

だいたい、あいつがコンビニで買ってきたの、エナジードリンクとコンドームとグミだよ！全然駄目！　いやグミは好きだよ？　でもグミはスイーツじゃないでしょ！

コーヒーショップで背後のテーブルに座る若い女の子の声に、それとなく耳を傾けていた。ちょうど話の切れ目になったので、残りのコーヒーを飲み干し、席を立つ。トレーを持ち上げる際、やや不便を感じる。なぜなら——。

え、何？

あんた、小指、怪我してんの？

カーテン閉めるときに爪が剥がれた、って。何それウケる。

言い当てられた。

ぎょっとして振り向く。

こちらに背を向けた女が、四人がけのテーブルをひとりで陣取っていた。早口で楽しそうに喋り続ける彼女は、とうに次の話題に移っている。

ＬＩＮＥ休み

ガラクタイチ

これは居酒屋のチェーン店で店長を務めているＮさんから聞いた話である。

「店長の大事な仕事は何かと人に訊かれたら、シフト表を作ることですと僕はいつも答えています」

Ｎさんの話は、そんな言葉から始まった。調理や接客は高校生のバイトどころか、日本語が不自由な外国人でさえもこなせてしまうくらいにマニュアル化が進んでおり、店長にしかできない仕事というものは、ほとんど無いのが現状である。

しかしこのシフト作りが一筋縄ではいかないのだという。居酒屋チェーンは激務というイメージが定着してしまい、年々人材の確保が難しくなっているからである。

「言葉が悪いですけど、本当にクズみたいな奴が時々来るんです。それでも人手が足りない時は採用してしまうんです」店長は自嘲気味に語っていた。

最近の若い子は仕事を休む時に、ＬＩＮＥだけで一方的に伝えて来ることが多いという。理由を訊ねるために返信しても既読がつくことはなく、電話をしても出ることはない。そして翌日には普通の顔で店に出てくるのである。

「なんで電話に出ないんだ？」と問いただしても「気づきませんでした」と言えば許されると思っている若い子が多い。

「普段は片時もスマホを手放さないし、休憩時間は店の仲間と会話をせずに、ずっとスマホをいじっているんですよ。それなのに休んだ時は、なぜか着信に気づかなくなるんです」Nさんは呆れた表情で語っていた。

普通なら即クビになるような人間性であっても、慢性的に人手が不足しているため我慢するしかなかった。

そんな中、週末の繁忙日が近づくと必ずと言っていいくらいに「熱が出たので休みます」と当日になってLINEを送ってくるバイトのF子がいた。高校を卒業したばかりの十九歳だった。

「突然言われても困るよ」とNさんがLINEで返事を送っても既読は付かない。いつものパターンだった。

「あの子、これで何度目ですか？」「もうクビにしたらいいじゃないですか」一緒に働いている他のスタッフは呆れ返り、「あんな無責任な奴と一緒に働くくらいなら、人数が少なくなっても構わないです」とNさんに直訴してくる始末だった。

とはいえギリギリのメンバーで回して、一人でもケガや病気で離脱すれば、その穴を埋めるのは店長である。Ｎさんは過去にぶっ通しで六十連勤したこともあり、その時のことを考えると、多少ダメな奴でも簡単には切れないのであった。

しかしＦ子は度が過ぎていた。過去に五日間連続の「ＬＩＮＥ休み」をしたことがあったが、今回はその時の記録を更新していた。「具合が悪いです」という言葉を少しずつ変化させて送ってくるのだった。

Ｆ子が好んで使う言葉の中に「死んでる」というのがあった。ヘトヘトに疲れた時や、調子が悪い時に用いられた。「ダルい」の最上級が「死んでる」なのである。今回は連休七日目を過ぎた時にその言葉が飛び出した。

「体が超熱くて、死んでます。今日も休みます」

「流石にもう限界だな。Ｆ子をクビにしようか？」Ｎさんがスマホの画面を見ながら周囲のスタッフにそう漏らすと、みんな諸手を挙げて賛成したという。

Ｎさんは「残念だけど、もう君を解雇するよ。今度会ってゆっくり話そう」とＬＩＮＥに返信した。もちろん既読は付かなかった。

解雇を言い渡した翌日、さらにその翌日と、Ｆ子は性懲りも無く「具合が悪いです。マジで死んでます。今日も仕事休みます」とメッセージを送ってくるのだった。

「ブロックしたらどうですか？　来なくなりますよ」

連日F子から送られてくるLINEで頭を悩ませているNさんに、スタッフはそうアドバイスした。しかしNさんはできなかった。クビを宣告したが、あくまでもLINEで伝えただけである。短い期間とはいえ、一緒に汗水流して働いた仲であるため、直接会って話をするまで一方的に拒絶はしたくなかった。それをやったら同じレベルになってしまうと思っていた。


それから数日後のこと。身なりの良い一人の女性が来店した。女性は店長とスタッフに深々と頭を下げると「娘がお世話になりました」と小声で挨拶をした。F子の母親だった。

「あの子は生まれつき体が弱かったのですが、ここで働くのをいつも楽しみにしていたんです」母親はそう言うと泣き出した。F子は一週間前に病気で亡くなっていた。

「いや、でも・・・・・・」NさんはF子からLINEが届いていることを母親に伝えようとして、言葉を飲み込んだ。面倒くさいことになりそうだったからである。自分が娘をクビにしたメッセージを読まれても気まずい。

母親が帰った後、スタッフの一人がポツリと言った。

「さっきの母親が娘のスマホを使って、嫌がらせで送っていたんじゃないんですか？」

スタッフの言葉にNさんは同意し、いよいよブロックすることを決意した瞬間だった。またF子からLINEが来たのだった。

「調子が良くなりました。今日から行けそうです」

店の閉店は深夜の十二時だったが、その日は数人の常連客が中々帰ろうとせず、Ｎさんは頭を抱えていた。厨房の清掃は終わっているため、他のスタッフは先に帰らせていた。最後の客のテーブルにある食器は、水に浸けておいて明日洗おうと思っていた。

十二時半を回った時にようやく客が帰ると、Ｎさんはくたびれた体に鞭を打ち、テーブルの後片付けを開始した。ＢＧＭが止められ静まり返った店内で、Ｆ子のＬＩＮＥを思い出して身震いしていた。「母親のイタズラだ」と自分に言い聞かせたが、考えれば考えるほどに恐怖が増長していった。

帰り支度を済ませると、店の電気を消した。店の入口から一番奥にあるスタッフルームにスイッチがあるため、真っ暗になったホールを横切らなければいけなかった。

「やべえ・・・・・怖い」いつも当たり前のようにやっている手順なのに、その日は恐怖に襲われていた。スマホのライトを点けて懐中電灯代わりにした。真っ暗な店内の一部が青白い光で照らされた。スマホを胸の前に掲げながら慎重に通路を歩いていると、ＬＩＮＥの着信音が鳴った。Ｎさんはアプリを開かなくても画面にメッセージが通知されるように設定していた。

「遅れてすみません。今到着しました」

メッセージを読むために視線をわずかに外した瞬間だった。前方にはライトで照らされた女性の後ろ姿が浮かび上がっていた。それは通路を塞ぐように立っていた。髪型からすぐにF子だと分かった。

Nさんは狼狽していた。F子の横をすり抜けなければ外には出られないのである。後戻りという選択肢はなかった。

意を決し通路を走った。F子に近づくにつれ、まるでこちらの動きを分かっているかのように、ゆっくりと振り返るのだった。

顔を伏せて、F子の顔を見ないようにした。肩が触れそうな距離に近づいた時、床を見ながら走っていたNさんの視界の隅に、青白い足が入り込んだ。裸足である。爪は黒く変色していた。悲鳴を上げそうになりながら通り過ぎると、電気の止まっている自動ドアを手でこじ開けて外に飛び出したが、そのまま帰る訳にはいかない。自動ドアの鍵を締める必要があった。

頭を下げて、ドアの下に付いている鍵穴だけを見つめた。ガラスの向こう側に広がる店内は絶対に見ないと誓っていた。震える指でキーケースから鍵を選び、鍵穴に差し込んだ瞬間、ガラスを隔てたすぐ向こう側に、青白い足が立っていた。

今顔を上げれば、自分を見下ろすF子と目が合う確信があった。Nさんは鍵を閉めると逃げるようにして自宅に帰った。

その後、Nさんが店長を務めていた居酒屋はスタッフが次々と辞めていき、どんなに求人広告を出しても、人が集まることはなかったという。結局、黒字経営のまま店を閉めることになったのである。

「僕はあの店にＦ子の霊を閉じ込めてしまったんです・・・・・」

そう話すＮさんは現在、他のチェーン店で店長として迎え入れられて元気に働いている。以前働いていた居酒屋は改装され、某ファストフード店が入っているという。

交差点の話

東堂薫

この交差点にはウワサがある。

いわゆる都市伝説である。つい最近になって、ささやかれるようになった。

この交差点で数字を一から十まで数えると、運命の人がやってくる——というのである。

どこの町にもあるような普通の交差点で、各所に横断歩道と信号がある。交通量は比較的多い。大通りなので、歩道と車道にわかれており、そこそこ歩行者も多い。


この交差点の一画に、舞友《まゆ》は立っている。

学校からの帰り道なので、まだ制服だ。

ほんとは今すぐ走って帰りたいのだが、そうもいかない。


「いいね？　舞友。ちゃんと数えないと許さないからね」


さっき、美歌《みか》に念を押された。

ふりかえると、少し離れたコンビニの前に、美歌や優璃《ゆり》たちが四、五人かたまって、こっちを見ていた。

美歌たちは中学の友達だ。いや、友達だった、というべきか？

美歌の好きな男の子が、舞友のことを好きだとわかったときから、舞友はグループのなかで特殊な立ち位置になった。

最初はちょっとイヤミを言われるだけだった。

「いいねぇ。舞友は可愛いもんねぇ」とか。

でも、美人なのは誰が見ても美歌だ。

自分の好きな人が自分より劣る舞友を好きだという事実が、美歌の自尊心を傷つけたのだろう。

「ごめんね、美歌。でも、あたし、杉本くんのことはなんとも思ってないよ」と言ったのが、よけいにシャクにさわったらしい。

次の日から舞友の体操服や靴が紛失するようになった。雨の日の校庭のすみに落ちていたり、男子トイレの前に落ちていたり……。

ＬＩＮＥもいつのまにか、舞友以外のメンバーで新しいグループが組まれていた。舞友のいる元のグループでは今までどおりの会話がかわされているが、舞友をはぶいたグループでは、舞友の悪口ばかりが書きこまれている。

その内容は優璃から見せてもらったが、生まれてからこれまで、こんなにヒドイ言葉を受けたことはないというほど、悔しく腹立たしい言葉で埋められていた。

今ではハッキリ、イジメの対象だ。

でも、表面上はまだ友達のふりを続けている。そこが、ややこしい。たぶん、クラスのほかの子は、舞友が仲間内からイジメられていることも知らないだろう。


学校へ行くのが苦痛でしょうがない。

早くこんなところから逃げだしたかった。

でも、卒業までには、まだ一年半もある。


そんなときに、美歌が例のウワサを聞きつけてきた。

この交差点で十数えたら、運命の人がやってくる――


「おもしろそうだよね？　ね？　舞友、やってみてよ。舞友は可愛いもんね。舞友の運命の人が、どんな人なのか、あたしたちも見てみたいよ。絶対、素敵な人だよ」

美歌はそう言って、イヤがる舞友をここまでつれてきた。

本心はわかっている。

十数えても誰も現れなかったら、「わぁっ、舞友。かわいそう！　運命の人、いないんだぁ！」と、さわぎたてて、舞友をみじめな気持ちにさせるつもりだ。

わかっているけど、やらなければやらないで、またイジメられる。それだけのこと。何をしても、何もしなくても、舞友の現状は変わらない。

せめて、なんとなく、カッコイイ人が横断歩道のむこうがわに立っているときにやろうと、舞友は考えていた。

信号が青に変わってその人が歩いてきたら、もしかしたら、さっきの人だったんじゃないかと反論できる。

でも、横断歩道のむこうで赤信号に足どめされているのは、くたびれた感じのおじさんが数人。買い物かごをさげた自転車に乗ったおばさん。すごく太った大学生くらいの男とか。

そのとき、ピロンとスマホが鳴った。美歌からＬＩＮＥのメッセージだ。

『早くして』

ピロン。

『まだなの？』

ピロン。

『怒るよ？』

しょうがない。イヤだが、やるしかない。

舞友は覚悟を決めて、数を数えた。

小声で、できるだけ早口に。

「一、二、三、四、五、六、七、八、九、十」

どうせ誰も来ない。

奇跡は起こらない。

それが現実なんだ。

舞友はまだ十三歳だけど、すでに世の中の不条理を悟っていた。

しかし、次の瞬間だ。

通りの奥から、いやに大きなエンジン音が近づいてきた。一台のトラックが猛スピードでやってくる。

そして——コンビニのガラスドアにむかって突進した。

そばにいた美歌たちをまきぞえにして……。

コンビニの壁とトラックの前輪のあいだからとびだした腕には、きれいなネイルがほどこされている。美歌のつけていた可愛いピンクのネイルが。

舞友はほほえんだ。

この世には奇跡がある。

運命の人は、ほんとにやってきた。

十字路男爵

三塚章

その噂を聞いたのは、オカルト好きの友達リコからだった。

「十字路男爵〜？」

「そう、本当に効く占いというか、降霊術？」

そう言うと、リコは箸を十字路のように重ねてみせた。

お昼休みに女子中学生二人が話すにしては、なんだか暗いというかアレな話題だ。

おまけに私たちは三年生で、受験を控えている。もっと他に効果的な暗記方法とか、計算方法とかふさわしい話題があるような気がしなくもなかった。

「降霊術って、こっくりさんみたいな？」

私はお弁当の玉子焼きを口に運びながら聞いた。

「そうそう。どこでもいいんだけど、十字路に白いテープで魔法陣を描くの。そうすると、その夜魔法陣を描いた十字路に立っている夢を見るんだって。しばらく待っていると、後ろに誰かが立ってるのに気づくの」

「そいつが十字路男爵？」

「そう！　そいつに質問すれば、将来の結婚相手でも、自分の寿命でもなんでも答えてくれるんだって！　でも、絶対に目が覚めて夢が終わるまで振り返っちゃいけないんだよ。十字路男爵の顔を見ちゃいけないの」

　なんだかとってもうさん臭い話だ。

「でね、答えを聞いたあとが特に危険なんだって。男爵は質問に答えると、色々な方法で振り返らせようとしてくるの。もっとも、ケガさせるようなことはしないらしいけどね」

「……もし、振り返ったらどうなるの？」

　友人は、身を乗り出して低い声で囁いた。

「永遠に目が覚めなくなるんだって。まあ、平たく言えば死ぬってことだろうね」

　私はごくりと玉子焼きを飲み込む。

「い、いや、話としてはおもしろいけどさ、命を懸けてまで知りたいことってそうそうないと思うけど」

　そう言うと、リコは意外そうな顔をした。

「え？　私は結構あるけど。ツチノコは本当にいるのか、とか自分が将来いくらぐらい稼ぐかとかね。その金額が分かれば、老後の計画も立てられそうだし」

「リコってたまに夢見がちなのか現実的なのか分からないよね」

「そう？　レナは？　知りたいことはないの？」

「私？　私は特に……」

そう言ってごまかしたけれど嘘だった。

第一志望の赤柳《あかやぎ》高校に入れるかどうか知りたい。憧れの先輩がいる高校に。今の私の学力的には、入れるかどうかギリギリの所だ。

すべての質問に答えてくれるというのだから、最初から「先輩と両想いになれるか」と聞いてしまえばいいのかも知れない。けれど、私にはその勇気がなかった。これで「なれない」なんて答えが返ってきたら救いがない。

でも、高校に入れるか？　だったら、仮に無理だと言われても、まだ両想いになれるワンチャンスがあるかも知れない。たとえば街角でばったりあったりして。

（どんな質問にも答えてくれる……）

リコが言った言葉を、私は心の中で繰り返した。

十字路は静まり返っていた。並ぶ街灯が、一定の間隔を置いてスポットライトのような円い光を落としていた。

私は週に二回、塾に通っている。帰りは結構遅く、運が悪い時は日付が変わるころになる。だから、人通りが少なくなる時間に、家族に怪しまれず十字路に立つことはそんなに難しくなかった。

誰かがいたずらでクマのステッカーを貼った自販売機の横にしゃがみ込む。ここなら自販機の光が届くから手元が見やすいし、通る車にジャマされることはない。

十字路男爵を呼ぶ魔法陣は、オカルトサイトに載っていた。スマホの画面を見ながら、白いテープで魔法陣を描いていく。

この魔法陣は消えると効果が無くなってしまうらしく、チョークでは雨や水がかかったら消えてしまう。油性ペンや墨だと今度は消すのが大変で、下手したら何度も男爵を呼び出すことになってしまう。貼ればなかなか取れず、すっきりはがせるテープが一番というわけ。

客観的に見ると、真夜中に道にしゃがみ込んでいる中学生なんてちょっとした不審者だろう。なんだかちょっと恥ずかしいので、車が通るたびに落とし物を探しているふりをして、なんとかごまかす。

我ながら何をやっているんだと思わないでもないが、それでもあの高校に入れるかどうか知りたかった。

何とか魔法陣を描き切って、サイトのお手本と見比べる。ファンタジー映画では、大抵呪文や魔法陣のちょっとした間違いで大変なことが起きてしまうものだ。

「よし、大丈夫」

あとは十字路男爵にあったとき、振り返らなければいいだけ。まあ、この噂が本当だったら、の話だけど。なんだか、本当であってほしいような、「やっぱり嘘だったじゃないか」と文句をいいながら無事に目を覚ましたいような、複雑な気分のまま家に帰って、ベッドにもぐりこんだ。

気がついたら、私は十字路に立っていた。

ちょうど時刻は魔法陣を描いたころ。並ぶスポットライトのような街灯も、クマのステッカーが貼られた自販機もそのままだ。私の恰好も、塾に行ったときの物。ただ、バッグも財布もスマホもなく、手ぶら状態だった。

これは夢だ。それは眠っている私にも分かった。確か、明晰夢というんじゃなかったっけ。

十字路は異様に静かだった。車の走る音も、話し声やテレビの音を漏らす家もない。風の音すら聞こえなかった。

後ろの方から、コツンと足音が聞こえた。静けさの中で、やたらとその音が目立って聞こえた。さっそく振り返りそうになるのをこらえ、私はスカートの裾を握りしめる。

足音は、ゆっくりと、でも確実に近づいてくる。

スカートを握る手に汗がにじんだ。

歩み寄ってきた者がこっちの背中にぶつかるんじゃないかと思うほど近づいた所で、足音は止まった。そして、頭のすぐ後ろから声が聞こえてきた。

「質問は？」

低めで落ち着いた、優し気な中年男性の声だった。獣の唸り声のような、ものすごく恐ろしい声を想像していた私は少し意外な気がした。

けれど、それはそれで危険なことかも知れなかった。『あのね』と気軽に振り返り、語り掛けてしまいそうで。

「え、ええと……」

先生と面接の練習をしているときのように、緊張で声が出ない。息が苦しい。けれど、早く質問をしなければ。もし男爵の機嫌を損ねたら、答えてもらうどころか殺されてしまうかもしれない。

緊張で乾いた口を何とか開く。

「私は第一志望の赤柳高校へ行くことが、で……できますか？」

「残念だが、できないな」

特にもったいぶることなく、あっさりと男爵は言った。

「そんな……」

体の力が抜けて、その場に座り込みそうになる。その瞬間だけ、怖いのも、今降霊術の途中なのも忘れてしまう位だった。

ククク、と男爵の笑い声を聞いた気がして、我に返る。

そうだ、気を抜いてはダメだ。これから、男爵はあらゆる手を使ってこっちを振り返らせようとするはずなのだから。

（体を傷つけたりはしないようだけど……）

焦げ臭い匂いが鼻を突いた。そしてパチパチと何かが爆《は》ぜる音。自分の後ろが明るくなったのがわかる。

（何か燃えてる？）

背中の肉が焼けるのではないかというくらい熱くなる。大きな炎の塊になった男爵が、後ろに立っているのだろうか？　それとも、後ろに大きな焚火みたいなものが燃えている？

（傷つけられることはない……）

今はそれを信じるしかない。スカートを握る手が震える。

すぐ横の路面に、背後の光景が影になって映し出されているのに気がつく。

積み重なった薪《まき》に、陽炎《かげろう》のように渦巻く炎。その中に人影が揺らめいていた。

（人が焼かれてる？）

毒を飲まされたように、人影は喉を押さえ身をよじっている。

耳を塞ぎたくなるほど苦し気なうめき声が背後から聞こえる。そのうめき声にどこか聞き覚えがある気がした。シルエットにも、見覚えがあった。だが、誰のものなのか思い出せない。

影の腕から、透明な液体が滴り落ちている。そのたびに後ろからじゅうじゅうと液体が蒸発する音が聞こえる。

またうめき声がして、ようやくその声の主が誰なのか思い出した。私だ。自分自身が聞いている声と、録音したときのように外から聞こえる声とは違うので今まで気付かなかったのだ。

シルエットも、少し姿勢の悪い私の物。

あぶられている背中の熱さは、もう痛みを感じるほどだった。

焼かれているのはもう一人の自分？

それともこの自分自身？

思わず、私は悲鳴を上げた。

それがきっかけになったように、急に炎の燃える音が消えた。

焦げ臭いも、背中の痛みもなくなっている。

大きく深呼吸して、めちゃくちゃに速くなった呼吸をなんとか落ちつかせようとする。

男爵はまだいるのだろうか？

もうどこかへ行った？

本当にやけどをしていないか、背中に触って確かめようとした時。

腰の辺りに、ずしっと重いものがぶら下がった。何か、やわらかくて暖かいもの。猿か、でなければ赤ん坊のような。そしてそれは粘液に覆われているようで、布地を通して腰の辺りがじっとりと濡れてくる。ツンとさびた鉄のような臭いがした。

その何かは、ゆっくりと服につかまって私の背をよじ登り始めた。普通の赤ん坊ならこんなことはできないはずなのに。

「う、うわ」

思わず背に手を回した。べたりと粘液が手についた。驚いて引っ込めると、手の平にべったりと血がついていた。

肩に、小さな手がかけられる。丸い塊が耳のすぐ横に見えた気がした。

「ああ」とも「うう」ともつかないうめき声が耳のすぐ近くでした。

悲鳴を上げて、もう一度手を後ろにまわす。おそらく、その『なにか』の足だろう、指先に触れた太いソーセージのようなものをつかんで後ろに放り投げた。水入りの風船が叩きつけられたような音がした。

なんだかすごく恐ろしいことをしてしまったような気がして、私はそこから逃げ出した。

一体、私は何を放り投げたのだろう？　殺してしまったのだろうか？　硬く目をつぶり、振り向きたくなるのをこらえる。

(耐えられない！)

空は真っ暗で、まだまだ夜が明ける気配はない。

このままだったら、ガマンできなくて振り向いてしまうだろう。いや、振り向く前に狂ってしまう！

自販機の方へ走る。あの魔法陣を壊してしまえば！

しゃがみこんで、指先で白いテープをはがそうとする。

「あ、あれ？」

つかめない。まるで立体映像に触れようとしているように、指先がテープに触れない。

背後に男爵が歩み寄ってくる、コツコツ、という靴音。

私は悲鳴を上げて走った。必死に走っても、なぜかゆっくり歩いている靴音との距離はまったく広がらなかった。荒い呼吸のせいで肺が痛い。横腹が痛くなって、足に布がまとわりついているように動かない。

足がもつれて思い切り転ぶ。起き上がって、もう一度走り出そうとしたとき、ずっと聞こえていた足音がいつの間にか消えていることに気がついた。

後ろにはもうなんの気配もしない。

恐る恐る左右を見てみる。あれだけ走ったはずなのに、また自動販売機のそばに立っていた。いつの間にか真っ暗だった空の下が、かすかに明るくなっている。そのせいでスポットライトのようだった街灯の光が弱まっていた。

「ひょっとして……逃げ切った？」

背後に意識を集中しても、なんの気配もしない。

荒く、苦しかった息が、少しずつ落ちついていく。熱かった体がゆっくりといつもの体温に戻っていく。いつの間にが、赤ん坊の血でグッショリ濡れていたはずの背中は乾いて、少し汗をかいているだけだ。

周りはどんどん明るくなっていく。

クラクションが鳴った。いらだっているというよりは、注意を促すような、どこかのんびりとした音だった。それはあまりにも日常にありふれた音で、しかもそれなりに気をつけないといけない音。

だから私はつい振り返ってしまった。

男爵が去るのは、夜が明けたら、ではなく目が覚めて夢が終わったら、なのに。

目の前に大きな手が広げられ、視界が真っ暗に覆われた。その指の間から、帽子をかぶった男の人を見たような気がした。

(ああ、あの高校にいけないのも当たり前か)

意識を失う前、私はそんなことを考えた。

(私は死ぬんだから)


目が覚めると、いつものベッドの上だった。

いつものようにお母さんが朝食の準備をしている音がして、いつものようにカーテンから朝日が差し込んでいた。

よくこういうとき、マンガなんかだと「夢?」とか呟くものだけど、私はそんなことはしなかった。あんなにはっきりとした感覚がある夢なんてあるわけがない。私はたしかに十字路男爵に会ったんだ。

でも、どうして無事なのだろう。振り返ってしまったのに。

母さんに「早く起きなさい！」と怒鳴られる。

（ああ、とにかく学校にいかなくちゃ）

なんだかすごく疲れていたけれど、なんとか準備をして家を出た。

そして例の十字路に近づいたとき、その辺りには異様な雰囲気が漂っていた。

警察が、男の人に話を聞きながら、何か書類を書いている。クマのステッカーが貼られた自販機の周りには、チョークで印がつけられていた。三角コーンと黄色いテープで、その近くに人も車も入れないようにしてある。路面に赤い血の跡が伸びていた。

なんだか、また不快に心臓がドキドキし始めた。

「あ、おはよー」

リコが声をかけてきた。

「あれ、リコ。朝練は？」

リコは運動部で、私よりもずっと早く学校へ行く。だから登校中に会うのは珍しい。

「だって、ここ通りかかったらこんなことになってるんだもの。気になって部活なんて行ってられないよ」

ということは、結構長い間ここで野次馬をしていたらしい。

「リコ、これ、何かあったの？」

血の跡から目が離せないまま、私は聞いた。

「なんかねー、バイクの事故だって。だいぶスピード出していたみたいだよ。それでバランス崩して転んじゃったみたいだって」

たしかに、アスファルトにタイヤの跡が残っている。ハンドルとバイクの胴体で削られた傷もあった。それは、自動販売機のすぐ横にまで伸びている。

「あれ……」

道路の隅に白い何かが落ちていた。私にはそれが何かすぐに分かった。くしゃくしゃに丸まったテープだ。バイクが倒れて路面を滑ったとき、魔法陣を巻き込んだのだ。

私が殺されそうになるほんの数秒前に。

足が震える。

「あのさ、バイクを運転してた人はどうなったたって？」

「それが、頭打って死んじゃったって」

その言葉に殴られたように体がふらついた。

バイク事故は私のせいじゃない。それは分かっているけれど、なんだか私の身代わりにその人が死んでしまったようだ。

また血の跡に目線が戻る。

「ねえ、大丈夫？　顔、真っ蒼だよ」

「うん、ありがと、大丈夫」

第一志望には入れない。十字路男爵は言った。

たぶんそうだろうな、と私は思った。こんな気持ちでは、勉強に身が入るはずはない。

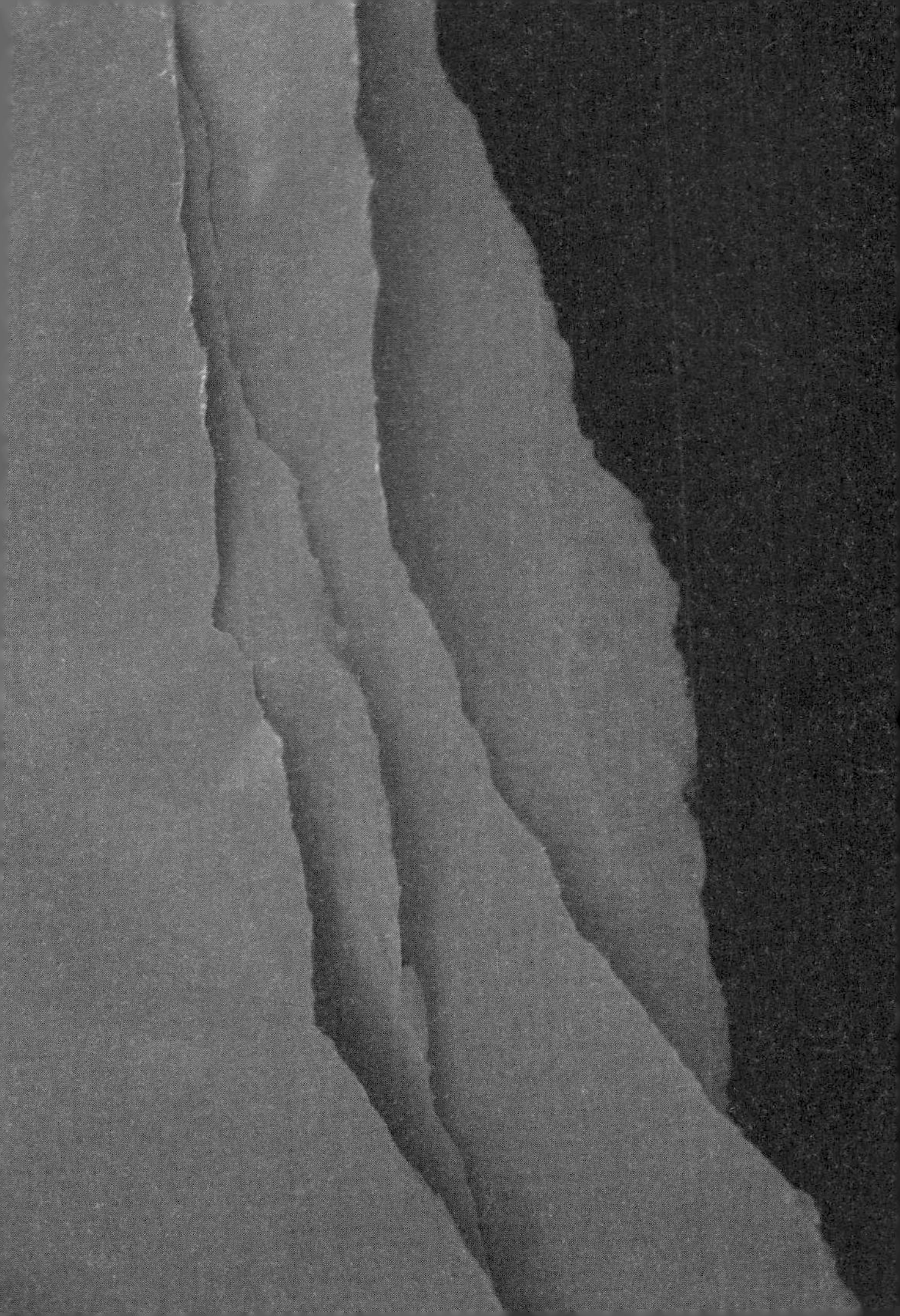

女のいない店

東堂薫

三科はそのファミレスに入った瞬間、店内が暗い気がした。

清潔だし、照明は明るい。店員も笑顔で愛想がいい。なのになぜ、そんな気持ちになったのか、最初は見当がつかなかった。

しかし、オフィスの近くにあるため、何度か昼食に利用したが、いつも同じ印象を持った。

その理由に気づいたのは、通い始めて二カ月ほどしてからだ。


「いらっしゃいませ」


可愛らしい声に出迎えられて、顔をあげると、茶髪のショートヘアの女の子が立っていた。女性店員だ。

ああ、そうか。女の子だ。この店には今まで女性店員が一人もいなかったんだと、遅ればせながらに思った。

(やっぱり、女の人がいると、ふんいきが明るいなぁ)

嬉しくなって、ハンバーグ定食をオーダーした。

それにしても、この時間、いつもは満席なのに、今日はえらく、すいている。

しばらくして、女性店員が注文の品をテーブルに運んできた。

ゆげのたつ、うまそうなハンバーグ。

だが、それをナイフで割ると、なかから黒いものが出てきた。大量の虫だと思い、「うわッ」と声をあげた。

黒いミミズのようなものが、ウジャウジャ、とびだしてくる。

よく見ると、それは髪の毛だった。一本や二本じゃない。長い髪の毛が無数に入りこんでいる。

ハンバーグだけじゃない。ライスにも米の一粒ずつに真っ黒な髪が生き物のように、からみついている。

三科は吐き気をおぼえて、トイレに駆け込んだ。

（最悪だ。不衛生なんてもんじゃない）

これは、あまりにもヒドイ。

ひとこと文句を言ってやらなければ……。

そう思い、席に帰ると、どうしたことか、あたりまえのハンバーグがあるだけだった。髪の毛なんて一本も見えない。

幻覚でも見たのだろうか？

でも、もう食欲は失せたので、そのまま会社に帰った。

社内には同じ部署の先輩がいた。愛妻弁当をひろげている。

「田中さん。聞いてくださいよ。そこのファミレスで、ひどいめにあいました。絶対、見間違いなんかじゃなかったと思うんですけどね」

田中は面倒見がいいので、なんでも話せる。

顔を見て、ついグチってしまった。

すると、田中は顔をしかめた。食事中にする話題ではなかったと思い、三科はあやまった。

「すいません。気持ち悪かったですよね」

「いや、そうじゃないんだ。そうか。あそこ、また、つぶれるな」

「またって、どういうことですか？」

「うん」


田中は神妙な顔つきで話してくれた。


「このへんでは有名だよ。女を雇うとつぶれるテナントだって言ってね。あそこは前から何軒もいろんな店が入るんだが、みんな、つぶれるんだ。女の店員を雇うと、とたんに評判が落ちてさ」

「ふうん。そうなんですか」


相づちを打ちながら、なにげなく、田中の手元を見て、三科はギョッとした。

田中の手の内の弁当。ひじきの混ぜご飯だと思っていたものは、白飯に髪の毛がからんだものだった。おかずの黒ごまも、数ミリの長さの無数の髪の毛だ。

「……あそこに何年か前にあった店の店長が、バイトの女の子と浮気してね。奥さんと別れてくれって、包丁を持った女の子に追いかけまわされたんだ。女の子はその場で自殺したって話だねぇ」

田中は青い顔で力なく笑う。
そう言えば、聞いたことがある。
田中は以前、小さな店の経営者だった。だが、女性問題を起こして閉店せざるを得なくなったのだと……。

「まだ続いてるんだねぇ」

言いながら、田中はムシャムシャと弁当を食う。

何時ですか？

さたなきあ

がらんとして、他の客の姿がほとんど見当たらない——ちいさな喫茶店の隅にあるテーブルで。

島田（仮名）青年は語る。


「ええ。半年ほど前ですが、その書店でバイトをしていたんです。ン……新刊書店じゃありません。古書店——古本屋ですよ、ネットで募集を見つけたんじゃなくて。

別の用事で、あそこの商店街界隈を通る機会が多くて。そうしたら偶然、窓の貼り紙に目がいって。それが縁ってやつで。

今、思い返すとあの店——ずっと店員募集の貼り紙を貼っていましたね。それと気がつくまで、内容なんか読んだことがなかった。

けれど。そう、同じ貼り紙だった。

そうです。常時——と言っていいくらい…………」

島田青年は某大学の大学院生だった。

生真面目そうな態度としゃべりかた。そして端正な顔立ちの青年である。

向学心は人一倍。しかし、反比例して懐はいつも寒かったそうだ。しかも諸事情で実家とは没交渉同然。

だから——バイトをせざるを得なかったし、その経験は幅広かった。飲食店。コンビニ。家庭教師……。

その内の一つが古書店の店員だったわけだ。


現在、『町の古本屋』というものは、すごい勢いで姿を消しつつある。

新刊書店ですら淘汰される時代なのだ。全国展開しているような新古書店ならともかく、個人経営の店の内情は推して知るべきなのかもしれない。

とはいえ——消滅するのは『店舗』であって。ネット販売等で存続している古書店も少なくはないという。

島田青年がバイト採用された店は、住居一体型の店舗とネット販売。両方を行うタイプの店だったようだ。

それは東京近郊の寂れた——おろされたままのシャッターが目立つ、駅前商店街の一角にあった。

「シャッター街、とまではいかなくても……周囲には貸物件の表示が目だっていましたね。本当に潰れたのか、移転したものか。

でも、その店は売り上げは悪くなかった。

周囲には例の、誰でも知っている大型店舗がありませんでしたし。けっこう昔からやってる店で固定客がついている。


ン……年配層中心ですけどね。

どれだけネット通販が普及しても、古書っていうのは——何て言ったらいいのかな。店をハシゴしたり。漁《あさ》ること自体が目的というファンが多い。今現在でも。昔ほどではなくても。

だから出版氷河期ですか。こんなご時世でも商売の方は、なんとか。

もちろん、店側の努力や時代への適応力——ですか。そいつがモノをいうんですが」


店の経営は、うまくいっていた。

それでも島田青年は、結果的に比較的短期間でその店を辞めてしまったのだ。

これまでの彼のバイト歴でも同僚との相性がよくなかったり。待遇が事前に説明されていたものと大きく異なるなど、色々なことがあったようなのだが。

「人間関係ですか？　良好でしたよ。

初老のオーナー夫婦以外には僕しかいない店だったので。同僚間の摩擦のたぐいなんかは、
そもそも起きようがない。

ン……気づいているでしょうね。

僕は自分で言うのも何だけれど、神経質で細かいことにこだわる性格です。

こだわりが非常に強いんです。

あと、自分で納得しないと物事を進めることができなかったり。

人からも何かにつけて指摘されてきました。几帳面とか――そういったレベルじゃないって
ね。

それで。

確かに今まで勤め先ではトラブルに遭うことも多かった。

様々なバイト歴があるのは、一つには融通のきかないこの性格のためですよ。自分でも分かっ
てる。

でも。その店はその意味では居心地がよかったんです。

ご主人も奥さんもよくできた人だったし。特に奥さんはＰＣ関係が苦手だったから、その方
面では僕に一任してくれて。


何時ですか？

あと、暇なときには院関係の勉強とかしてもかまわない。そうも言ってくれました。
ありがたいですよね。これで不平不満を言ったらバチがあたりますよ。
そうだ。居心地はよかったんですよ。とても。
そうだ。アレさえ。あんなことさえなければ………」
島田青年は、細長い指先で——自分の前にあるテーブルの表面を
トントン
と叩くのだった。

その店——仮にN古書店としておこう。
N古書店は、昼過ぎから夜の十一時くらいまで営業している。

昼過ぎといっても店を開けるのは午後の二時であったり三時であったり、まちまちだ。

島田青年は大抵、夕方に店に赴く。このサイクルは学業主体の彼にとって理想的だった。

こじんまりとした店は外見も内装も、ちょっと見た程度では古本屋とは思えないらしい。

自動ドアを入ると、正面から見て左側にレジスペースがある。

ふだんは奥さんがここにいて、店の主人はたいていい裏の倉庫で作業をしているか、仕入れ等

で夜遅くまで外出している。

島田青年がやってくると奥さんはレジをまかせて、住居である階上にあがることが多かった。家事をしなければならないからだ。

あとは、お客の応対をしたり。店内の簡単な清掃や整理につとめたり——色々である。

それらは島田青年がこれまで培ってきたスキルなら、ぞうさもないことだった。

「ン……客層、ですか。

あからさまな万引きなんかは皆無でした。新刊書店じゃありませんし。子供は寄りつかない品揃えでしたし。

そりゃあ深夜近くまで店を開けてるわけですから。たまにはアルコールの入った連中だってやってはきますよ。僕の神経に障るような無神経なやからもね。

確率の問題というやつで、それは避けられませんよ。

それでも、今までの職場にくらべればどうということはなかったんです。

アレ………アレさえなければ」

彼は、おそらく無意識だろう。同じフレーズをくりかえすのだった。

アレ。

おそらく彼の繊細な神経を苛んで、『理想に限りなく近い職場』を辞める原因となった代物だろうか。

それはぜんたい、何だというのか。

アレ——その男がやってきたのは、島田青年がN書店のレジに入るようになって一週間ほどたったときだったらしい。

その日。時刻は夜の十時をまわっていた。

店内に客の姿は途絶えていた。奥さんが最後に階下に来てから数時間はたっている。

島田青年は院から持参した資料に目を通していた。

(このまま客が来なければ閉店準備をすることになるな)

そんなことを頭の片隅で考えたとき、とうとつに『声』が聞えたのだった。

——何時ですか?

島田青年は顔をあげた。

男が一人、レジの横に立っていた。

黒くて薄いパーカー姿だ。

背が低く……しかもフードをすっぽりとかぶっているので、顔がほとんどうかがえない。

レジスペースは床から二段ほど高くなっている。だからレジに座った状態でもお客とほぼ顔をあわせることになるのだけれど――それでも。

わずかにのぞく鼻から下の様子から推せば、島田青年とさほどかわらない年齢だろうか。顎が尖り、こけ気味の頬が神経質な印象を与える。そして、ザラザラとした肌が青白い……。

「ン……神経質。僕が言うのはおかしいんですけれどね」

そう言って島田青年はうっすらと笑うのだった。

話を戻そう。

声をかけられて顔をあげた時、島田青年は少し驚いた。

その男はたった今、店に入ってきたに違いない。

店のなかは――1Fは――自分一人だけだったはずだから。

けれど、自動ドアは開かなかったはずだ。

最新式とはお世辞にも言えないそれは、それなり以上に作動音が響く。開閉すれば気がつかないはずはない。

(ン……いや、どうだろう。資料を読むのに没頭していたからな)

かぶったフードも気に入らなかった。それまで経験はなかったが、時間も時間だし、物騒なやからという可能性も頭をよぎった。もっとも長身の島田青年に対して、相手は小柄でパーカーの下の体格もほっそりしているのだが。

――何時ですか？

とっさに思いをめぐらせる島田青年をよそに、再び男のフードの下から声が流れてくる。か細い――それでいて妙に耳に残る、おかしな声なのであった。


ス○ホがあふれかえっている中、島田青年は腕時計派だった。とっさに時間を確認して答える。拒否する理由もなかった。たんに時間をたずねられただけなのだから。

それでも彼は違和感を禁じ得なかった。

なぜならレジの上には壁にかけられた時計が、ちゃんと動いている。壁をちょっと見さえすれば、誰でも時間は確認できるのだ。なのに、なぜ、わざわざ店員にたずねるのだろうか。

(初めてこの店に来て――時計があることを知らなかったんだろう。それとも視力に問題があって時計の針が見えないとか)

けれど。

男は、礼を言うこともなく、
すうっ
と、レジから離れると――店の奥に行かずに自動ドアに向かった。

ドアは、ごくふつうに開閉し。男は外に出ていく。

そうして人通りのない道路の闇のなかに見えなくなっていった。

…………………

「ン……おかしな客だなあ、とは思いましたよ。買物以前に棚の本も見ようとしない。ナニをしにやってきたんだ、的に。

でも、その時はそれだけでした。何といっても時間を聞かれただけで——からまれたのでも何でもない。そうでしょ？　そうだ。その時はそう思った……」

それが、始まりだったらしい。

男は、それからしばしば姿を現すのだった。

島田青年は週に三～四回。週末中心にN書店で勤務していた。

そうして夜、遅くなり。閉店時間も迫ってきた頃に……。

——何時ですか？

あの、か細い声が響くのだという。

いつも、たずねることは決まっている。時間だ。ただ一言、それだけだ。商品を眺めることなどない。まして購入などは、けっしてありえない。

そうして教えてやると、男は最初の日がそうであったように去っていくのだ。夜の闇のなかに。

すうっ

と。

「それだけなら奇人変人のたぐいで、ひとくくりかもしれません。何といっても、おかしな手合いが山ほどいるこの頃ですから。確率の問題というヤツで店舗商売にはつきもの。そんな考え方だって、できなくはない。もっとアブナイ連中にくらべれば、ずっとマシだという考え方もね。

ほんとうに解せなくて——そうだ。僕の神経に障ったのはそこじゃない……」

トン、トン、トン、トン……

テーブルの表面を叩く島田青年の細い指先。単調な動作は次第に速さを増してゆくのだ。

『パーカー男』。

黒く薄いパーカー姿で、いつもフードを目深にかぶっている男。そいつを島田青年は、いつしか内心でそう呼ぶようになっていた。

性別以外は本名、年齢、住まい、職業、そしてN書店にやってくる理由——何も分からない。が、島田青年が解せないのは、それ以前の部分だったのだ。

——何時ですか？

いつも。そう言われるまで、男が店に入ってきたことに気がつかない。

いつも、だ。

確かに最初の夜同様に、院関係の資料を熱心に読んでいる時もある。PCで商品関係の入力に、かかりきりの場合もある。が、いつも――というのは異常だ。

逆に身構えて、そろそろ来るんじゃあないか。そんなことを考えている夜には、けっして現れはしない。けっして。

それから男が現れる時は、必ず店内の1Fには島田青年しかいない。他の来客は途切れている。奥さんは階上にあがっている。そんな一瞬の間隙を、どこかで見すましているかのように、すうっと現れて――あの声が響くのだった。壊れた笛みたいに、かぼそい声が。

最初は妙だと思った。次に薄気味がわるくなっていった。彼の体験が事実ならば、当然過ぎるだろう。そうして……。


「あいつがやってくる以外の時間であっても、だんだんおかしなことになってきたんです。店内で棚の整理をしていると、なんだか背後に誰かの気配がしたり。かぼそい息づかいが聞えてきたり。

脚立に乗っての作業中に、すぐそばを誰かが、
スーッ
と、通り過ぎるような風を感じたり。

ハッ、として振り向くでしょ？　誰も……そこには、いやしない。

平積みにした本が、勝手にドサッと崩れることも多くなっていきました。

もちろん、温度変化や何かの振動で崩れることはありますよ。それは、ある。

でも、アレはそんな感じじゃなかった。何か所も離れたところにある本が次々と勝手に
……」

まるで。

店内に島田青年やオーナー夫婦以外に――眼には見えない何者かが存在しているかのような？

息をひそめて……どこかに……じっと。

「ン……ありえない。常識的にはその通りですとも。僕だって、N書店で働く以前ならたわごとだと一蹴していた。

でも、色々なことがあって。ほんとうに色々なことを見聞きしているうちに、そんな考えがふくらんでいったんです。くそ。

馬鹿げていますよね。でも考えはとり憑いて、どうしようもなかった。くそっ。

僕だって学究の徒ですよ。もう死語かもしれないけれど。ゆくゆくは、この道で身を立てたいとさえ思ってる。

そんな自分が『幻の気配』や『そこには存在しない何か』に脅かされて。

体調もだんだん、おかしくなって。

子供か神経の細い女の子みたいに。店内に独りでいることに、次第に耐えられなくなるなんて。

くそっ。

確かに僕は神経質だ。それは認める。けれど、こいつはむちゃくちゃだ。

不条理だ。理不尽だ。

あの『パーカー男』から始まって……そんな。そんなことは」

トントントントントントントントン!!

島田青年の内心の嵐なのか。テーブルを叩く指先はまるで乱打だった。突き指をしないのが不思議であった。

彼は『怪異』というものを容易に信じなかった。

むしろ、一連のことごとを熟考し。

合理的な答えを導き出そうと、繊細な神経が焼けつくほどに努力したことは想像に難くない。

結果、その時点で彼が最もおそれていたのは。いつのまにか自分が、それまで指摘されてきた神経質という名の停留所をとっくに通過していて。

自分でも気がつかないうちに狂気の淵まで、たどりついているのではないか。

その可能性であったのだろう。

奇妙ではあっても、偶然の可能性が捨てきれないことごとを勝手に解釈し。

本来、つながらないそれらを異常に連結させて。

正気を酸みたいに侵すストーリーを組み立てているとしたら。万一、そうであったなら。

ぜんたい、どうしたらいいのか？

これは島田青年一人にとどまらない。常時ストレスに苛まれている、我々すべてに通じる可能性なのだ。

彼は最初に『パーカー男』が現れ。訪れ続け。さらに店のなかが異様に変質していくなかで約二カ月は耐えた。

そうして。

ついに一部始終を、雇い主の一人である奥さんに打ち明けたのだった。

説明するには、ゆうに半時間以上が必要であった。

「電波系。イタイ奴。アブナイ人間。そう思われても仕方がない。

そうでしょう？　二人はほんとうに僕によくしてくれたんですから。

……でも」

奥さんは笑いとばしもしなかったし、○○○○を見る目で島田青年を見ることもなかった。

最後まで親身に彼の話を聞いた上で、なにごとか考え込むのだった。


——深夜近くに黒いパーカー姿で……フードを目深にかぶってやってくるのね？　それで気がつかないうちに店のなかに入っている。そうして、時間をたずねてくるのね？

——店のなかに誰かがいる気配がして。商品が動いたり、崩れたり……そうなのね？

——ふわっと、自分の上に影が落ちたり。そこにいるはずのない、おぼろげな影が見えたり……。

奥さんはずいぶん長い間沈黙してから。こんなことを言いだしたらしい。

——ずいぶん以前にね。

うちで働いていた男の子がいたのよ。ちょうど、あなたくらいの年齢の。

知合いの紹介だったんだけれど。まじめで、おとなしくて。よく働いてくれたのよ。

ただね。

しょっちゅう、私や主人に時間をたずねてくるの。

奥さん、今、何時ですか。何時ですか……って。

おかしいわよねえ。そんなこと、時計を見れば一目で分かるのに。

ケータイや腕時計を持っていなくてもね。壁時計もあれば、他にも……。

それを、わざわざ他人にたずねるなんて。どうかすると、店に来たお客さんにまで。

さすがにそれは、たしなめたのだけれど。

何ていうのか。そうせずにはいられなかったみたい。おかしなクセ……なのかしら。誰にだってクセはあるけれど。ちょっと……。いえ、度が過ぎていたわね。

あれは正直、主人ともども閉口したわ。

でも、それをのぞけば役に立ってくれていたんだけれど。


奥さんは、そこで一旦言葉を切るのだった。

――ある日ね。とつぜん店に来なくなって……そのまんま。

理由も何もわからない。辞めたなら辞めたで……ほんとうなら退職金とか払ってあげたかったんだけれど。紹介してくれた知合いに聞いても、取り次いではくれなくて。

その子には、おかしなところがもう一つあって。

いつも黒くて薄いパーカーばかり着てくるの。


ううん。着たきりスズメというわけじゃあなくて、何着も何着も同じものを持っていたみたい。夏でも冬でもそうなのよ。あれも……どういうつもりだったのかしら。こだわりが強かったのかしらね。

こっちの方は、たしなめることでもないから放っていたけれど。どうかすると、店のなかでもフードを目深にかぶっていたわ。どういうつもりだったのかしらねえ……。


そして、奥さんはなぜか声をひそめた。

——それからだったの。

その子がいなくなってからも何人も別の人を雇ったんだけれど……みんな長続きしないの。

長くて一月くらい。早い人は一週間もたたずに辞めてしまうのよ。

理由を聞いても教えてくれない人が、ほとんどだったのだけれど。

一人ね。

深夜に近い時間帯にレジのところで、すごいうなり声をあげて……暴れだした人がいて。

あの時は驚いた。

何かの発作かと思って主人と一緒に、やっとの思いでとり押えたのよ。

救急車を呼ぶ直前に、その人は我に返ったんだけれど。

色々、話してくれた内容が……あなたの話とよく似ているの。ええ、とてもよく似ているの。

暴れた理由？　それはちょっと……。

あなたはしっかりしているし、勉強家だし。ここで働き始めて二カ月くらいになるし――大丈夫だと思ったのよ。

私たちには何もね。おかしなことは感じられないの。

どうして、こんな繰り返しになるのかもわからない。

あらかじめ、この話をしなくてごめんなさい。でも。ふつう……信じられないでしょう？

私たちもそうだし。

あなたがこのまま続けてくれれば助かるのだけれど、そうでないなら仕方ないわ。

とても残念だけれど……。


「実際はもっと、色んなことを言っていたけれど。

奥さんは明らかに『パーカー男』の背景を省略——というか隠していましたよ。

たぶん、もっと何かあったような。

いや、それはまだいい。

他の誰かも僕みたいな体験をしていた。

それも、おそらく複数の人間が……」

それは、一面で島田青年の精神の健全さを証明する『事実』であったかもしれない。彼の神経と正気は焼きついてなどいなかったことになる。

とはいえ。

彼が信奉する常識とてらしあわせれば、信じがたい『事実』としか言いようがない。

だが、彼にとって衝撃的であったのは、それだけにとどまらなかったのだ。

「最後の最後にね。僕は聞き逃さなかった。

奥さんはつぶやいていたんです。それはもう小さな声で。あれは独り言だった。

『でも、ほんとうにそんなことってあるのかしら。あの子、うちに来なくなったずっとあとで。

××××でしまったって話も伝わってきたのに』

……って」

××××のところは、島田青年にも正確には聞き取れなかったようだ。

だがそれは、

『とびこんでしまった』

と、聞き取れなくもなかった。

「飛び込む。何を連想します？　僕はあの時、アレを連想しましたよ。ン……あの、救いようのないヤツを。

でも、それは、しかし。もし、そうなら——どういうことになります？

あの『パーカー男』は、とっくの昔に死……………………」

島田青年の——端正な顔立ちの眉間に寄せた皺が、いっそうふかくなる。


奥さんは疲れた足取りで階上にあがっていった。

話を切り出してから、相当、時間がたっていた。

島田青年は奥さん以上に疲れきった表情で壁の時計を見上げた。


時刻は午後十時をまわりかけていた。

奥さんがあらかじめ『準備中』の札をドアにかけていたため、会話の最中に店内に入ってくる客は誰もいなかった。

島田青年はふらふらとレジに戻り、そこの椅子に座りこむのだった。

体が鉛みたいに重かったのだ。

頭のなかでは、整理しようと思ってもかなわない『事実』が、ものすごい渦をつくっている。轟轟と。

（アレが。あいつが……〇ンでいたなら？　自分が見たものは。聞いた声は。どういうことになるのか？）

（いや待て。別人の可能性だってある。そうじゃあないか）

（何者かが、手のこんだ嫌がらせをしかけているとでもいうのか。ストーカーみたいに？　店――というより、この自分に？　いや、奥さんの話がほんとうなら、いつも店員だけに。しかし何のためにだ？）

（あいつは確かに、いつも気がつかないうちに入ってきていたけれど。出てゆく時には自動ドアは、ちゃんと開閉して……）

（でも、音はどうだった？　意識しなかったが、いつも響く開閉時の作動音はしていただろうか？）

（わからない）

（これから、どうするべきなのだろう……）

遠く。商店街のどこかを走っているらしい車両の走行音が、かすかに響いてくる。

いや。

ちがう。
それだけではなかった。
か細い。壊れた笛のような音も聞えてくる……。
——何時ですか？
「!!」
反射的にそちらを向いた島田青年の目と鼻の先に……黒いフードがあった。
幾度となく見たフードであった。
これまで——けっしてのぞけなかった『あの顔』が、真正面にある。
初めて見かけたときから。鼻から下しか判別できなかったのは道理であった。
いや。
そもそもフードの影で、顔の大部分が隠れていたわけではなかったのだ。
判別しようにも、フードのなかのその顔には。
鼻から上が——ない。
そこにあるのは。
ぐちゃぐちゃになった髪の塊と。
わずかにこびりついた、赤い肉片だけなのであった。

――何時ですか？
『顔面の残骸』の唇が動いて――あの言葉をつむぎだす。
ぷん
と、漂ってくる血の臭いを感じながら。
島田青年の視界は暗転し。彼は自分の意識が遠のくのを自覚していた。

「レジで暴れだしたという誰かが、何を目の当りにしたのか分かったわけです。分かりたくなくても、ですが。

その誰かと異なるのは、今度こそ救急車が呼ばれたということでしょうね。

それで――N古書店は辞めることになりました。いやおうなく、ですが」

一時の興奮が嘘だったみたいに、島田青年は淡々と言うのだった。

あの、机を乱打していた指の動きもいつしか止まっている……。

「あれからもね。時折、あの商店街のN書店の前まで行ったりするんですよ。

自分のバイトといえば、あれからずっと空白期間が続いているというのに――何度も何度も、あそこにねえ？

え？　何のためかって？　貼り紙の有無を確かめるために決まっているじゃないですか。

相変わらず、いつも貼られていますよ。店員募集中ってねえ。

誰も定着しない。していない。

できるはずがない。

あの——僕なんかとはくらべものにならないほど、こだわりが強いに違いない『パーカー男』がね。

僕なんかには想像すらできない理由であの店にこだわり、執着し、通い続けて。いやいや、潜み棲んでいる間はね」

淡々としていた口調が——一転した。

「誰もあそこでマトモに働けるもんか！

ン……僕にこんな台詞を言わせるなんてね。ひどいとは思いませんか。

怪異！　理外の理！　そんなしろもの、カケラも信じるはずがなかった、この僕に。

くそ。

神経に障りやがる。

でもね。

コレだけは、そうだとしか思えない。

ン……そうは思いませんか？

そうだとは――思いませんか？」

島田青年の端正な顔。だが、その眼は、あかい。

毛細血管が破れたのか？　血走ったというのを通りこして――真っ赤だ。

そうして。

テーブルを叩く仕草のまま止まった指の先は。

爪が大きく割れて。ピンク色の肉が、のぞいているのだった。


島田青年の話が、病み疲れた神経がもたらした幻想でないのならば。

N書店は今後も。

一時は剥がすにしても。

えんえんと同じ『貼り紙』を使いまわすことになるのだろう。よくできたオーナーたちの意志などではなく。

他者には知るよしもない『こだわり』を抱いた――今や『人外』としか形容できない何者かによって……。

忌竹

閖伽井尻

　付き合いはじめたばかりの彼女と、ファミレスでまったりしているときのこと。ふとお互いが黙ったとき、近くの会話が耳に入った。通路をはさんで向かい側の席につく若い男数人のグループだ。

「部屋の中に竹が生えてきた」

　と、声高に主張している人がいる。その人物を勝手にタケダと呼んでしまおう。

「あ〜、竹ってものすごく生命力強いよね。アスファルト突き破って生えてるとこ、たまに見るわ」

「実家の真裏が竹薮なんだけどさ。庭石くらい余裕でズラして生えてくるよ。建て替える前は縁の下まで侵食してきて、畳持ち上げてきたこともあったなー。近くに竹薮あるんじゃね？　あれ地下茎で繋がってるから、放置してたらどんどん侵食してくるぞ」

「一日でめっちゃ伸びるよな。たけのこだと思って油断してたら、一気にギュンって」

　いやいや、とタケダは首を振る。

　どうも地下茎が伸びてきたわけではなさそうだ、と。

「部屋の四隅にきちんと一本ずつ、全部で四本、生えてきたんだ」

自然に伸びてきたとしたら、おそらくもっとランダムな生え方になるんじゃないか。

タケダの意見に、グループ全員（と、聞き耳を立てている自分）が頷く。

「……てゆーかお前んち、マンションの四階だろ」

ひとりが声のトーンを落として言う。

「そうなんだよ！」一方のタケダは声を弾ませた。

「たけのこが竹に成長したわけじゃなくて。一昨日さ、朝起きたらもうあったんだよ、ニュッて、青い竹が四本！」

なぜか自慢げに説明するタケダの様子を見て、グループの面々は途端に呆れ口調になった。

「なーんだ。ただの酔っ払いエピソードかよ」

「そういやもうすぐ七夕だもんなー。帰りにどっかの七夕飾りパクってきたんじゃね？　その竹、短冊ついてないか？　あれ、七夕は笹だっけか？」

「違う違う！」

口々にいじられタケダが不満げに顔を歪ませるのが、視界の端に見える。ややあって、タケダがぽつりと言った。

「証拠の写真、あるよ」

コトン、と軽い音がする。タケダがスマホをテーブルに置いたのだろう。皆が頭を寄せ合って、画面を覗き込む気配がする。

見たい――と好奇心を募らせていると、にわかに彼らは帰り支度をはじめた。ほとんど口をきかず、それぞれが目も合わせず席を立つ。

あっという間に、そこにはタケダだけが取り残されてしまった。

一体どうなったんだ？

顔は正面に固定したまま眼球だけを精一杯タケダのほうへ傾けていると、彼女がフンッと鼻を鳴らした。

ハッと気が付いたときには、彼女はすっかり機嫌を損ねていた。あからさまに表情を曇らせ、汚れたおしぼりを折ったり広げたりしている。タケダたちに集中しすぎて、上の空になっていたようだ。

平然とした態度でスマホを触っているタケダを横目で観察しつつ、彼女をフォローしようと適当な話題を探っていると、

「――××だけ」

彼女がきっぱりとした口調で言った。が、あまりに唐突で聞き取れなかった。

「え？」

と聞き返すよりも素早く、

「そうなんですよ！　そうかなって、ボクも思うんですよ！」

横槍が入った。タケダだ。いつのまにか彼女の真横に立っている。

「ですよね⁉」

彼女がぱっと顔を輝かせ、タケダのほうへ身を乗り出した。まだ見たことのない華やいだ表情だった。

そのままふたりは意気投合し、手に手を取り合ってファミレスを出て行った。慌てて呼び止めるが、こちらには一瞥もくれない。今度は自分がひとり取り残されてしまった。

別にタケダを見習ったわけではないが、平然とした態度を装ってしばらくスマホを触って時間を過ごした。

彼女が言った【××だけ】という言葉を推測する。～のみ、オンリー、の【だけ】か？　それとも、【××竹】という竹の品種か何かだろうか？　思いつくまま文字を適当に当てはめて検索ボックスに入力し、検索結果を無感動に眺める。しかしどれもピンとこない。

わけがわからないまま、ひとまず店を出ようとすると、伝票が見当たらない。念のため店員に訊くと、会計はもう済んでいると告げられた。

すぐさま彼女に連絡を入れたが返事はなく、焦れるばかりの日々を過ごしている。彼女がどうこうというより、タケダの「証拠の写真」とやらが見てみたい、というのが本音なのだが。

見知らぬ道

砂神桐

仕事の飲み会の影響で、最寄り駅にはかなり遅い時刻についた。

毎日通っている道なのに、酔いのせいか暗さのせいか、なんだかアパートまでの道のりがおぼつかない。

でも昔ならいざ知らず、現代にはスマホの地図アプリという、最強の道案内システムがある。駅名と自宅の住所を入力し、検索をかければ最短ルートがたちどころに現れるという状態だ。

だけど画面に現れた検索地図に、俺は酔った頭を横に傾げた。

地図上に見たことのない道がある。

酔ってはいるがスマホの操作ができるのだ。数くらい数えられる。

駅から大通りを少し歩き、脇道へ入り込む。そこからあっちの角を右へ、こっちの角を左へ。さっきまではおぼつかなかったが、地図を見たら毎日歩いている道の記憶が鮮明になった。

だから断定できる。地図上の道が一本多い。

いきなり新しい道ができる訳もなし。アプリの故障か誤表示だろう。

さして気にも留めず、家に向かって歩き出しだが、表示されている道の位置に近づくにつれ、なんだか背筋が冷え始めた。

まだ冷え込むような時期じゃないのに、このうすら寒さは何だろう。

足を止め、もう一度スマホを覗き込む。何度見返しても本来道などない位置に道が表示されている。

ふと、前にネットで見た怪奇系のウェブ記事が脳内に甦った。

スマホのアプリでよく知る土地を検索すると、地図上に一本だけ、現実には存在しない道が表示されるって奴。

これはもしや、あの記事と同じ現象か？

いや、あれはたまたま見つけたオカルトサイトに書き込まれていた、信憑性のかけらもないゴシップ記事だ。

存在しない道がいきなり出現するなんてこと、ある筈がない。地図は誤表示。そこに見えているのはいつも通り過ぎる普通の道。感じる寒さは酔いが醒めてきたせいだ。

まともに考えれば総てきちんと説明がつく。その筈なのに、地図に存在する道の方へ進めば進む程寒気は増し、もう数歩でそこの道へ差しかかろうという今、体感気温はまるで真冬並みの寒さになった。

だって、道へ折れる寸前の電柱に、いつも目にしている看板が見て取れる。壁に貼られている選挙ポスターも然りだ。

俺が記憶している通りの風景。なのにアプリの地図は、そこに見たこともない道があると表示を続け、実際見えている道からは、これまで感じたことがないような強い冷気が、向こうから押し出されるように溢れてきて、俺の全身を凍えさせる。

本当に、いつも見ているのとは違う道がそこにあるのか？

目を凝らしても、曲がり角付近から向こうは闇に包まれていて、いつもの道がその向こうにあるかどうか窺うことができない。

ああ、そうだ。一旦スマホの地図表示を消そう。

多分今俺は、誤表示に引きずられていつもの道を見知らぬものと勘違いしてしまっているのだ。だから一度地図を消し、今度は正確な地図の表示を見て、そこにあるのがいつもの道だときちんと認識しよう。

地図アプリを終了させ、改めてもう一度地図を表示した。

……道が増えている。もう一本。今度は俺の背後に。

振り返った闇の中に、さっきは存在しなかった見知らぬ道がぼんやりと浮かぶ。そして、そこからも強い冷気が押し寄せてくる。

前には進めず、後ろに戻ることもできなくなった。

こんな見知った土地なのに、二本も出現した知らない道。きっとどちらへ入り込んでもおしまいだから、電池が続く限り検索をして、ここから逃げ延びるための活路を探そう。

通学路

ガラクタイチ

これは後藤さんという主婦が十代の頃に体験した話である。

後藤さんは生まれてから中学校を卒業するまでの十五年間を、人口千人程度の村で過ごした。村の中心を通る県道付近に学校や村役場といった公共の施設が集まっていたが、村民の大半が農業に従事しているため、県道を取り囲むようにして広大な農地が広がっており、住宅は農地ごとに点在していた。

後藤さんの家は村の中でも特に辺ぴな場所にあり、登校する際には他の生徒が誰も通らない「呪われた農道」を歩く必要があったという。その道を避けた場合は大変な遠回りになり、早起きしなければ学校に遅刻してしまうのだった。

「あの道は使わないほうがいいよ」と友達は心配そうに助言をくれたが、朝にめっぽう弱かった後藤さんは、いつも手を合わせてから駆け足で通り抜けていた。

農道とは言ってもトラクターが走ることはなく、背の高い草が生い茂った荒れ地の真ん中に、舗装されていない砂利道が一本あるだけだった。

そんな道の途中に一軒の空き家があった。田舎には不釣り合いな二階建ての洋館である。

なぜ「呪われた農道」と呼ばれているのか。村人なら誰もが知っている凄惨な事件が、その建物で起きたからだった。

以前その洋館には、N氏とその家族が住んでいた。N氏は都会の総合病院で医師を務めていたが、田舎の生活にずっと憧れを持ち、全く乗り気じゃなかった妻を無理矢理に説得して移住してきたのである。幼い娘は喘息持ちだったが、田舎で生活しているうちに回復していった。家に診療所を併設すると、隣町まで足を運ばないと病院にかかれなかった村の人たちは殺到し、連日盛況だった。しかし都会で生まれ育った妻は村の生活に馴染めず、いつも愚痴をこぼしていた。

N氏は家の前に広がる荒れ地をタダ同然の値段で地主から買うと、引きこもりがちだった妻と一緒に農作業をする計画を立てていたが、妻は断固拒否した。

「そのうちに妻の気も変わるだろう……」N氏は周囲にそうこぼしつつ、診療所が休みの日に一人で荒れ地に入ると、コツコツと開墾したが、妻は家の二階の窓からその様子を眺めるだけだった。夫婦の関係は日を追うごとに険悪になっていったという。

ある日のこと。N氏は隣町のホームセンターでチェーンソーを購入した。荒れ地には木が生えていたため、切り倒したかったのである。

N氏はチェーンソーをONにすると、けたたましい音と振動に耐えながら、木の幹に水平に差し込んだ。しかし不慣れだったのだろう。チェーンソーはピタリと動きを止め、途中で引っかかってしまうのだった。力ずくで引っこ抜くと、反動で体が半回転し、チェーンソーを振り回してしまうのだった。

娘がすぐ背後にいたことに全く気づいていなかった。「ガガ」という音と同時に、娘の頭部は吹き飛び、首には下顎だけが残っていた。まだ生え揃っていない歯がはっきりと見えた。二階の窓から一部始終を目撃していた妻は半狂乱になり、壊れかけていた家族は完全に崩壊した。そして妻は二階の部屋で首を吊った。

「まだ満足に言葉も話せない娘が一人で天国に行っても道に迷ってしまう」と書かれた遺書が残されていたといわれているが、村人は誰も信じなかった。「N先生が娘を殺し、口封じのために妻も殺した」と噂を広めた。

当時のことをよく知る者はこう説明する。村人は最初こそ診療所ができたことを喜びN氏に感謝していたが、次第に要求がエスカレートしていった。土日を休診日にしていることに愚痴をこぼすようになると、深夜に対応してくれなかったことに文句をつけ、最後は大きな家に住んでいること、土地をタダ同然で買ったこと、全てにおいてケチを付けたのだった。N氏は次第に心を病み、遂には犯行に及んだに違いないと。

後藤さんは幼い頃、高学年からその話を聞かされ震え上がった。親や教師に当時のことを訊ねても、「大げさに語られているだけだ」と笑うだけだったが、事件そのものを否定しなかった。子供たちの想像力は加速し、村に伝わる怪談と都市伝説が、そこから続々と生まれるのだった。

「洋館の前を通ると、二階の窓から女性が恐ろしい形相で見下ろしている」

「農道を歩くと、荒れ地の草の中を頭のない子供が走り回っている」

「子供が農道を歩くと、チェーンソーを持った男に追いかけ回される」


後藤さんが中学三年生になった時のことである。卒業式を間近に控え、クラスメイトがソワソワし始めた頃、こんな提案をした男子がいた。

「卒業する前にみんなで例の洋館に肝試しに行こうぜ。思い出づくりだ」

後藤さんは勢いよく立ち上がると、椅子が倒れたことにも気づかずに拒否した。「一体自分がどれほどの回数祈って、あの道を毎日通ってきたのかあんたに分かるのか！」とまくし立てるのだった。しかし一度動き始めたクラスメイトたちの好奇心を止める手立ては無かった。他の生徒たちの冷ややかな視線が後藤さんに注がれた。

一学年に一クラスしかなく、十人にも満たないクラスメイトたちは、幼稚園の頃からの幼馴染である。その小さな共同体からはみ出すことの恐怖を、後藤さんは嫌というほど分かっていた。村のルールは法律を超えるのである。村八分は死刑宣告と同じ意味だった。結局後藤さんは最後尾を渋々付いていくことになった。

クラスメイトたちが洋館の中に入っていく後ろ姿を、後藤さんは一人立ち尽くして見送っていた。「中に入るのだけは絶対に無理！」と懇願し、洋館の前で待つことにしたのである。結果的に、これが裏目に出るのだった。風が吹くたびに荒れ地の草木が揺れて、カサカサと音を出すのである。幼い子供が走り回っていると表現されても何も違和感のない音とリズムだった。

生ぬるい風がピタリと止むと、後藤さんは自分のすぐ背後に気配を感じていた。誰かがいる。自分を見上げている。確信があった。そして夏服のシャツのテール部分を指先で摘まれている気さえするのだった。

「絶対に振り返らない」後藤さんはそう誓いながら、誘導されるかのように二階の窓を見上げていた。そこには動く人影があった。

「上で鬼ごっこでもしているのだろうか？」そう思いながら二階を観察していると、突然玄関の扉が開き、クラスメイトたちが出てくるのだった。

「家の中はボロボロだ」男子がそう呟いた。

「え……今二階にいなかった？」後藤さんは訊いた。

「行ってないよ。階段が腐ってて上がれなかった」

「そんなはずない！　誰かいた！」後藤さんは彼の言葉を信じるわけにはいかなかった。

「ていうか、後藤は誰と話してたの？」男子は首を傾げた。

「なんのこと？」

「俺たちが家の中を散策いている時、外で誰かと話していただろ。知り合いが来たのかと思って慌てて出てきたんだけど……」

後藤さんはその日から卒業式まで、遠回りして登下校するようになった。高校は隣町だったため、呪われた道を使うことは二度となかった。しかし今も地元に戻ると、朽ちた洋館だけは残存しているという。

水路鬼談

さたなきあ

水路？

ああ、このあいだ工事が完了したアレか。オレの家の前をずーっと流れてる……。

ああ。見てくれはよくなったよ。うん。見てくれはね。

元が、ひどかったからさ。比較にならないといってもイイかもな。

元は、どうだったかって？

ドブだよ。ドブ川！

こういうのは何て言うんだったっけ。それ以上でも以下でもないっていうヤツか。

ふだんはチョロチョロ、水が流れているかいないかなのにさ。

えーと。最近、コイツもよく言うだろ——ゲリラ豪雨。

そのたびに鉄砲水みたいに濁流になるんだ。

ホントだぜ。

深さはともかく、幅なんて大したことないのにさ。地域でも何人か落ちて……えらいことになったよ。道路に水があふれて、見分けがつかなくなるんだもんな。そういうのって、珍しくないんだろ、どこでもさ。

危険もそうだが――泥の量がハンパじゃあないんだ。

上流か。あっちの方じゃあ違法造成していたらしいし。

この辺はさ。ベッドタウンとかナントカ言われてずいぶんになるけど――まあ田舎さ。下水整備も遅れに遅れてさ。中途半端もイイところ。

それで――泥って言ったけれど、臭いんだ。そりゃもう水がひいたあとは悪臭でさ。ヘドロとかわりゃしない。

それにゴミだよ。ゴミ。

もともとどこにあったかも分からない雑木のたぐいから始まって。一体ぜんたい、どうしてこんなモンがという代物が、流れてきやがるんだ。

おそろしい量が。

家電や、プラスチック製のもろもろ。自転車も多かったなあ。うん、バイクも――さすがにまるごとじゃあないが、部品がまじっていたり。で、ドブ川をふさいで目もあてられなくなる……。

その繰り返しだったんだ。

ひどかったよ。そりゃあ、もう。

ン？　ああ、この通りの端に住んでた爺さんかい？

そうなんだ。この地域じゃあ偏屈で――変わったジジイで有名だった。

何だ、爺さんの拾った和箪笥《わたんす》の話を聞きたかったのかい？

どこで聞きつけたんだい、アンタ？

……まあ、いいや。


どういう神経なのかなあ。

ドブ川に流れてきたモノを拾って、持ち帰るっていうのは。

まあ、確かにあの和箪笥はちょっと凝っていた。いや、相当かな。

ほら、あのナントカってＴＶの鑑定番組で――値がつきそうな感じだったのさ。古めかしいし、やたらに重々しい、凝った金具がついていたし。

いやいや、そんなに大きくはなかった。引き出しが大小五ケくらい、ついていたかなあ。

多少重いけれどさ。水から引き上げられなくはない。他のゴミと一緒に引っかかって、川をせき止めているわけだし。


まあ、爺さんは以前からドブ川で色んなモノを拾ってはいたんだ。

あそこの家は世間でよく言うだろ。ゴミ屋敷ってヤツ。

色んなモノをあちこちから集めてきては、家の中にも外にも放っておくのさ。

まあ、病気だな。

オレはあの場に居合わせたから、よく知ってる。

爺さん、増水した川に落ちそうになりながら――箪笥をつかんで悪戦苦闘してたっけ。

ただでさえ小汚い……いつも履いているズボンなんか泥だらけ。水気を含んでぐちゃぐちゃ。

いやいや、手伝うなんてまっぴらごめんさ。

というより、爺さん。オレの姿に気づくと警戒感ＭＡＸの表情になってさ。

ハゲ頭に青スジ浮かべて、湯気をたててさあ。

ハッ！　誰が横取りするもんか、そんなガラクタ。

で、ようやく引き上げて爺さん、引き出しを開けようとまた格闘していたけれど。

開かなかったな。まったく。ぜんぜん。

カギ穴があったから、そいつがイカレていたのか。それとも泥やら何やらつまっていたものか。

それにしては、爺さんが揺さぶるたびに
カラカラカラカラ
なんだか、中で音がしてたっけ。何かがあっちこっちに転がってるような……。

そんなことがあってから一週間ほどたったかな。

道路に残った鼻がまがりそうな臭いの泥は、いつものように市が委託した業者だろうな。重機を使って回収作業をして。まあ、マシになっていたんだが。

家の前の道でね。爺さんと出くわしたんだ。

夕方だったよ。あたりは、もう薄暗い……。


偏屈ジジイではあったけれど、一応ご近所さんだからな。声をかけたよ。まあ、好意的というのからは程遠かったけれどね。

「爺さん、あのタンスはどうだった。中に値打ちもんでも入っていたか？」

……てね。

すると爺さん。ボソボソと低い声で何か答えた。これ以上はないくらい短く、な。

「べつに」

だったか
「いいや」

だったか……。

おかしいだろ。このあたりじゃ有名な変わり者で嫌われ者なんだ、爺さんは。

誰に対してもケンカ腰はあたりまえ。ちゃかされでもしたら、それこそシャモみたいにいきりたつんだ。

それが、何て言ったらいいものか——ふぬけみたいな口調でさ。

そうだ。生気ってヤツが感じられない……。

「引き出しはこじ開けたかい。まあ、バカでかいネズミの死骸でも入っていたというオチだったろ？」

なんだか違和感——か。そいつをおぼえながらなんだけど。オレは続けてそう言ったんだ。

べつだん底意があったわけじゃあない。何気なく、さ。

すると爺さんの顔色が変わった。

怒った？　いやいや、そうじゃあない。

何て言ったらいいものか。

幽霊にでも遭ったような……そんな形相だった。

ただごとじゃあない。言葉にならないような形相だったよ。

ああ。思わずこっちがビビって——後ずさりしてしまいそうな。

そして爺さんは何か言いかけたんだ。

そうしたら。

ごきり
と音が聞こえた。

爺さんの顔が、思いっきり横を向いてた。

ふつうじゃあ回らないほど不自然に。

頚骨か？　そいつがイカレてるとしか思えない。

まるで誰かが――無理やり爺さんの顔をつかんでな。

力まかせに、あらぬ方向に首をねじったみたいに、だ。

ホントだぜ。

そうとしか言いようがない。

もちろん。薄暗い通りには他に誰もいやしない。爺さんの横にも後ろにも誰もいない。

オレと爺さん以外には――そこには誰も。

「キイタふうな……クチを……きくナヨ……ナ……オマエ」

「ナカ二……アッタのが……シガイ……ダッタラ……どうだト……いうんダ……」

「オマエも……シガイが……ほしいのカヨ……ほんとう二……ほしいカ……ホントウ二」

「ダッタラ……イッソ……クレテヤロウカ……」

爺さんは奇妙な角度に首をねじったまま――陰々とした調子でそんなことを言ったよ。

ふだんとは、まったくくちがう陰々とした調子で。


けどな。しかしな。

ぱくぱくと動く爺さんの口から声が――聞えないんだ。

誓ってもいいが、声はどこかよそから聞こえたんだ。

こいつはホントだぜ。ああ、ホントにホントなんだ。

あんたが信じるかどうか、わからないけれどな。


そうして爺さんは薄暗がりのなか。ゴミ屋敷の方に戻っていった。

そうだ。

壊れた人形みたいなギクシャクした足取りで。一歩。また一歩――ゆっくりと。

とてつもなく、ゆっくりとな。

キン。キン。キン。

と、音がしたよ。

何の音かって？

爺さんのズボンのポケットから何か、こぼれ落ちて。地面にあたって跳ね返ってるんだ。

オレはみたよ。はっきり見た。暗かったが分かった。なぜだか分かったんだ。

そいつは金具だった。あの――爺さんが拾って持って帰った和箪笥についていたヤツ。

間違いない。

それが、次から次へとこぼれ落ちてゆく。深いポケットなのに。爺さんはポケットに触れてもいないのに。腕は案山子みたいに突っ張っているというのに。

キン。キン。キン。

ホントだぜ。

後で見たら、道路に金具なんか一つも見当たらなかった。

でもホントなんだ。こいつは。


………それで。ああ、知ってるんだな。アンタ？

誰に聞いたか知らないが。まさかネットじゃないよな。こんな忘れられたみたいな町の話なんて、ネットにアップもされないだろうし。つぶやきか。アレでも、つぶやかれないよな。

でも——そうなんだ。

その後、爺さんは自分のゴミ屋敷で見つかったんだ。

元々、ドブ川同様、異臭が漂っているような家だったんだけどさ。

それまでとはケタ違いの悪臭がするのにくわえて、爺さんの姿が見えないとかで。自治会の連中が踏み込んだのさ。門から玄関まで積み上げられたゴミの山を力ずくで崩して……。

手続きが必要？　さあ、どうだったんだろうな。

そうしたら——分かるだろ？　救急サイレンやら何やらで通りが埋ってたよ。

死因？

さあな。

結局、自然死ってことで落ち着いたらしいが。こいつもどうだったんだろうな。

まあ……見つけた連中は、そうは思っていないらしいぜ。

連中、この件はさ。猫に舌を盗られたみたいになんにもしゃべらない。聞いても絶対に。

ホントだぜ。

だから詳しいことは知らない。オレだって知らない。でも、間違いない。


ゴミ屋敷は、その後、市の連中がやってきて……爺さんがためこんだ代物はきれいさっぱり片づけられちまった。

特殊清掃業――だったっけ。そいつが先に来たはずだが。まあ、いいか。先でも後でも。

爺さんには家族も親戚もいなかったから、ゴミは十把ひとからげで処分さ。もちろん、ドブ川が増水するたびに拾ってきたコレクションも。

その中には例の和箪笥もまじってたはずだ。

いやいや、まじっていなくちゃおかしいよな。

箪笥に足でも生えて……手前勝手にどこかにいっていなければ、さ。


…………ん？　ああ、もちろん、あんなモノはゴミさ。ガラクタさ。それ以上でも以下でもない。そうだろう？

焼却されたか、埋められたか、そこまでは知らないがね。

裏ルートで転売？

まあ、世の中には元がどれだけ汚い代物でも、うまいこと清掃して細工して。立派な骨董品とかナントカという触れこみでさ。なんとかオクやら何やらに出品されてる話も聞くからなあ。

そういう可能性だってゼロとは言えないかもな。

元は汚水に漬かっていようが。

金具があちこち剥落していようが。


じゅくじゅくになって。

腐乱してとろけて。

流れ出した肉汁に、まみれていようが……。


……まあ、オレの知ったことじゃあない。ああ、そうとも。

ちょっとおかしい爺さんだったよ。

おかしな死にかたをしたのも確かだ。

けれど、だからといってアレが――オレの見たアレが。そうしてあの和箪笥が、爺さんの死にざまにかかわっていると考えるのはどうかしている。そうだろう？

ふつうのヤツならそう考える。それがふつうってもんだ。

あの時はなんとなくネズミの死骸とか口走ったけれどさ。

さすがにオレだって。あのどこから流れてきたかも分からない箪笥のなかにさ。

折りたたまれた人間の――ううん。その、何だ。

入っていたとか思わないよ。

確かに妙な代物だった。それは確かだ。ドブ川に流れてくること自体が、そもそも妙だった。

けど、そいつが犯罪か、とてつもないワケアリか。そんなモノにかかわっていて。なんとか
遺棄――か。そういうたぐいってことは……。

そんなことはふつうだったら、ありえない。ちいさかったしな。ああちいさな箪笥だったか
らな。ほんとうに。

でも……。

全部は無理でも、『部品』なら、どうだったろうな。

もしかしたら焼いたあとのカケラとか。

歯とか。ひからびた…………指とかな。そういうものだったら――どうだったろうな。

……そうだ。中では確かに何か転がっていたし。一つや二つじゃあなくて。

で。そいつが、ぞんざいに扱われたならどうだろう。

やっと引き出しを開けた——欲得しか頭にない、ふつうとは言えないヤツに値打ちがないと足蹴にされて。

唾でも吐きかけられたとしたら。

そうだ。あの爺さんみたいなヤツなら、やりかねないな。

そうだとしたら。

仕返しもあるかもしれないな。

そうだ。

やっぱり、ふつうでは考えられないような。


え?　それが本音かって?

ハッ。

妙なことを、また口走ってしまったな。オレは。

どうもいけない。いけないな。ああ、口はわざわいのもとだって言うのにな。

いいかげん慎まないとな。わざわい——鬼でもやってくるかも、な。

オレもこんな暮らしかたで、その日暮らしに毛がはえた程度の毎日だけどさ。そう、これでも常識人のつもりなんだぜ。そう、ジョーシキジン。

ただな。

しかしな。
どれだけ見てくれがよくなっても、あのドブ川。
いや、今は水路か。市のつけた名称なんか忘れちまったけどな。
その水路に——何が流れてきたとしても。
そいつに、どれだけ値打ちがあるように見えたとしても。
ああ、たとえそれが金庫だったとしても、だ。
自分の家に持って帰ったりはしないね。
まして開けたりなんか——間違ってもしない！
そのまま放っておくさ。
ああ、こいつもこう言わなくちゃいけないな。

それ以上でも以下でもない。

……って、いうヤツだとね。

恋人橋

東堂薫

私の住む町には有名な橋がある。

通称、恋人橋と呼ばれるその橋は、古い昔、運命によって引き裂かれた恋人どうしが再会を約束した場所として言い伝えられている。二人は年をとってから再会し、それからは幸せに暮らしたということだ。

そのせいか、この橋に最近、なんだかよくわからない都市伝説みたいなものができた。

恋人橋のかかる川が町のまんなかをよこぎっているため、橋の通行量は多い。私も駅から会社へ行き来するときに必ず朝晩、そこを通る。

このごろ、そこで妙な光景をよく見るのだ。

とくに夜、残業で帰りが遅くなったときに目撃する。

若い女性が橋の上から何やら黒っぽいものをバラまいている。なんだろうと思っていたが、どうやら髪の毛のようだ。

なぜ、それと気づいたかと言うと、橋の上で一人の女が人目を気にしながら、バッグからハサミをとりだし、自分の髪をひとふさ切っているところに来あわせてしまったからである。

女は私に気づくことなく、欄干から手を伸ばし、切ったばかりの髪をなげすてると、足早に去っていった。

気になったので、翌日、会社の女の子に聞いてみることにした。

「おはよう。山本さん。藤原さん。広川さん。昨日さ、恋人橋で変なもの見たよ。聞いてくれる？」

「おはようございます。武田さん」

「おはようございます。今日もキマッてますね」

「おはようございます！」

余談だが、私は社内で結婚したい独身男性社員ナンバーワンだ。社内会報にも載ったことがある。女子たちは満面の笑顔で応えてくれた。

「変なものって、なんですか？」

「じつは、昨日の帰り、橋の上で――」

くわしく、そのときのことを話すと、女性社員たちはうなずいた。

「ああ、あれですか。去年くらいからの流行りなんですよね。恋人橋の上で自分の体の一部を捧げて『好きな人と結ばれますように』ってお願いしたら、叶うらしいんですよ」

「自分の一部って、なんか怖いなぁ」

「髪でも爪でも、まつげでもなんでもいいらしいんですけどね」

「なるほどね。それでか」

妙なジンクスが流行りだしたものだ。

でも納得はいった。


そのあと、就業時間が来るまで、休憩室でコーヒーを飲みながら、女子社員たちと別の話題で盛りあがっていた。

そろそろ時間だと思い、ふとふりむくと、背後に制服の女が立っていた。思いがけないほど近距離だったので、私はビックリしてしまった。いつのまに、こんなに近くに人がいたのだろうか。

よく見ると、それは資材課の鬼嶋《きじま》さんだった。

じつのところ、私はこの鬼嶋さんが苦手だ。顔立ちは悪くないほうだと思うが、なんとなく、ふんいきが暗い。

それに、気がつくと真うしろに立っていたり、社内旅行の写真ですぐ近くに写っていたりして、どうにも無気味なのだ。私の勘違いだとは思うが、つきまとわれているように感じて薄気味悪い。

「……おはよう。鬼嶋さん」

ほんとうは相手にしたくないのだが、こういうタイプは無視すると思いがけない行動に出そうな気がする。しかたなく、あいさつはした。

鬼嶋さんは、うつむいたまま口のなかでボソボソと何かつぶやいた。

私はそのまま自分の席にむかった。

*

その日の帰り道、恋人橋を通っていると、また誰かが髪の毛を風に飛ばしているところを見た。

私はもう気にしていなかったが、その女が去っていくとき、街灯の明かりで、よこ顔が照らされるのを見た。遠目だったが、鬼嶋さんに似ている気がした。

それはまあ、鬼嶋さんだって妙齢の女性だ。恋の一つや二つはするだろう。

でも、鬼嶋さんに好きな人がいると考えると、なぜか、ゾッとした。

暗くて、ねばっこく、まとわりついてくるような陰湿な社内でのようすをほうふつとさせるからだろうか。

そのあと、しばらくして私は気がついた。

鬼嶋さんの髪が、だんだん短くなっていく。

以前は長い黒髪が彼女の自慢だったようなのに、ある日とつぜん、バッサリとショートヘアになっていた。


「わあっ、鬼嶋さん。イメチェン？」

「似合うよ。そのほうが明るく見える」

「いいね。その髪型」

——と、女子社員のあいだでは好評だが、どうも私は落ちつかなかった。なぜなら、あのあとも毎日のように、恋人橋で髪をなげすてる女を見かけているからだ。

（まあ、おれには関係ないしな）

私はそう思っていたのだが……。

うちの社は空調機やシステムキッチンなどを建築現場に設置する会社だ。大型興行施設やタワーマンションの新築現場への納品がある月は、休みも返上になるくらい忙殺される。

その日も帰りが夜の十一時をすぎ、翌日にまたごうとしていた。


いつもは人通りの多い恋人橋にも人影がない。

(今日は、あの女、いないんだな)

私はあたりが無人なことに安心して、橋を渡っていった。

大昔は木の橋だったという話だが、今は自動車も渡れるように鉄橋になっている。歩行者用の通路をなかばまで渡ってきたときだ。

強い風が一陣、よこなぐりに吹きつけてきた。

私は薄手のコートの前をあわせながら、一瞬、立ちどまった。

そのとき、橋の欄干から、何かがコロリと風に飛ばされた。

目の前に落ちたので、私は思わず、それをながめた。

街灯と街灯のまんなかあたりなので、暗くてよく見えない。

白い虫のようなものだ。でも、この季節にイモムシがいるだろうか？　それにイモムシにしては色や大きさが、おかしい。

もっとよく見ようと、かがんだ瞬間、私はギョッとした。

それは、指だった。人間の指だ。

きゃしゃな形から言って、女の指だろう。

風にふかれて、アスファルトの上をコロコロ、ころがる。


まさか、あの恋のおまじないのせいか？

誰かが自分の指を〝捧げた〟のか？


私は悲鳴をあげて逃げだした。


駅についてから、警察に通報したほうがよかったと思いついた。だが、スマホに手を伸ばして、さらに考える。

もしかしたら、マネキンの指だったかもしれない。あのおまじないのウワサを悪用して、誰かがイタズラしたんだ――

そう思い、私はスマホをポケットにしまった。

ふつうに考えて、たかが恋の成就のおまじないのために、指を切断するなんて、ありえない。

（たちの悪いイタズラするなぁ。本物かと思った）

ところが、翌日。

会社に行くと、鬼嶋さんが青い顔をしていた。貧血ぎみなのか、フラフラしている。好ましい相手ではないが、体調が悪いのはかわいそうだ。資料をダンボールに詰めて運んでいたので、よこから箱をとりあげた。

「顔色悪いですよ。大丈夫ですか？　あんまりヒドイなら病院行ったほうがいいですよ？」

すると、鬼嶋さんは青白い顔で、ニヤッと笑った。

何かモソモソ言いつつ、右手で左手をにぎりしめた。鬼嶋さんの左手には包帯が巻かれていた。

むしょうに背筋が寒くなった。

その日から、私は帰り道に恋人橋を通ることをやめた。

まわり道になるが、となりの橋を使うようにした。

だから、何かが〝捧げ〟られているかどうかもわからない。

でも、社内で見かけるたびに、鬼嶋さんの手の包帯の量は増していった。火傷をして手指がひらかなくなったと本人は言っていたらしいが、ほんとのところはわからない。とにかく、パソコンが打てなくなって業務に支障をきたし、仕事中にもひんぱんに倒れた鬼嶋さんは、病気療養のため職場を去った。

私はホッとして、また恋人橋を通勤の往復に使いだした。

鬼嶋さんの姿を見かけなくなって油断していたのだと思う。

年末の寒い日に、私は年内最後の出社を終えて、十時すぎに家路についた。どうしても長期休暇に入る前に片づけておかないといけない仕事があったので、遅くなってしまった。

橋の中央まで来たとき、鉄骨の陰から、いきなり女がとびだしてきた。異様な風体だが、鬼嶋さんだということは、すぐにわかった。

全身のいたるところに包帯をしている。

頭部も眼帯で片目をかくしていた。髪のあいだに見えかくれする左耳は半分、欠損していた。

そして、包帯を巻いた両手は、にぎりこぶしをしたように小さい。まるで、手指が一本も残っていないかのように……。

その両手をつきだして、鬼嶋さんは叫んだ。

「一体、いつまで私を待たせる気？　こんなに捧げたのに！　いいかげんにしてよ！　好きだって言って。わたしと結婚してくださいって言ってよ！」

なさけない話だが、私は腰をぬかした。

ウソだろ？　何がどうなってるんだ？
なんで、おれに？
この女、正気じゃない！

そんな混乱した思いが、一気に吹きあげてくる。
無意識に私は言い返していた。

「ムリムリムリ！　絶対、ムリ！　ムリ！　ムリ！」

鬼嶋さんは病的な三白眼で私をにらんでいたが、ふうっと吐息をついて、つぶやいた。

「……まだ足りないのね？　そうなのね？　わたし、いつまででも待つわよ？　だから、これでいいんでしょ？」

そう言って、止めるヒマもなく、橋から身をなげた。
彼女は自分の全身を捧げたのだ。

それからというもの、恋人橋は恋の願いが叶う橋ではなくなった。想い人と結ばれるという甘ったるいジンクスは、あとかたもなく消え、今では、こう言われている。

女の怨霊が、そこを渡る男を祟る橋——と。

死者の手紙

砂神桐

私には保育園からずっと仲良しの幼馴染がいた。

お互い、物心がつくかつかないかの頃に母親に死なれ、どちらの父親が先に迎えに来るかを保育園で待ち合った仲だ。

その幼馴染が、中学生になって少し経った頃、どこかで耳にしたという不思議な話を口にした。

「ねぇ、知ってる？　死んじゃった人と手紙でやり取りができるって話」

聞いたこともない話に、知らないと答えると、彼女は少し声を潜め、その話の内容を語った。

「この話はね、まず、手紙をやり取りしたい相手のお墓がちゃんとあることが条件なの。ここのお墓にその人は眠っています。それが判ってないと手紙を送ることができないの」

一つ目の条件を遮らずに聞き終える。それが彼女なりの、私がこの話に興味があるかどうかの確認方法だったらしく、幼馴染は話の続きを一気に私に語って聞かせた。

真剣に語られる、けれど眉唾としか思えない物語。でも幼馴染はこの話を信じ切っているようで、手紙のやり取りに関する必要条件を総て話した後、私に、一緒にその手紙を書いて出してみないかと持ちかけてきた。

「手紙でのやり取りでもいいから、お母さんと話してみたいの。××ちゃんもそう思うでしょ？　だから手紙を出してみようよ」

聞かされた話を本気で信じた訳ではないけれど、万が一それが叶うなら、死んでしまったお母さんとせめて手紙のやり取りをしてみたい。

湧いた欲求のまま、私は幼馴染の提案にうなずいた。

その日の帰宅時、私達は手紙を出すために必要な物を買い、もう一度条件を確認し合って家に帰った。

家に帰るなり、私は買ってきた文具を机に並べ、さっそくお母さんへの手紙を書き始めた。

お母さんに聞いてほしいことはたくさんある。聞きたいこともたくさんある。でも、使っていい便箋の枚数は四枚と決まっていて、しかも、文字を書いていいのは片面だけ。だからなるべく小さな文字でびっしりと四枚分の便箋を埋め、私はそれを封筒にしまって、テープではなく糊で口を緘《と》じた。

理由は判らないけれど、封は糊でしなくてはいけないらしい。

乾くのを待って、今度は封筒に宛名を書き始める。

赤色のペンで封筒の表に、お母さんの名前を苗字から全部書く。そして隣にお母さんの生年月日と死んでしまった年齢を書き込めば、封筒の表書きは完成だ。

封筒を引っ繰り返し、今度は差出人である自分の名前を、今度は黒いペンで書く。こっちも名字から全部。そして、隣に私自身の生年月日を書き添えたら手紙は完成だ。

宛名も差出人の名前も、手紙を入れてからでないと書いてはいけないらしい。幼馴染が聞いた話では、あえて中に手紙が入った状態で宛名を書くことで、気持ちが手紙にますますこもり、それがあの世に手紙を送る力になるんだそうだ。

「もうこんな時間？　さすがに今からお墓に行くのは無理かぁ」

夢中で手紙を書いていたらすっかり夜が更けてしまった。そろそろお父さんが帰ってくる頃だから、見つからないよう、手紙をしまわないと。

だって、いつも私には淋しい思いをさせてごめんと言ってくれるお父さんが、この手紙を見たら悲しむと思うから。

絶対にバレないよう、手紙を学生鞄の奥深くに押し込み、私は、明日こそは必ずお母さんのお墓に行こうと心に決めた。

翌日、学校で顔を合わせた幼馴染も、まだお母さんへの手紙は出していなかった。

「今日、学校が終わったらお墓に行くよね？」

「うん」

「返事、戻るといいね」

こっそりそんなことを話しながら放課後を待つ。そして放課後を迎えた私達は、今日は別々に、それぞれのお母さんが眠るお墓に向かった。

自宅最寄りのバス停から五つ目のバス停で降り、そこから徒歩で十分程。小さなお寺の裏手にお母さんのお墓はある。

平日の夕方近くという時間のせいか、お墓には誰の人影もなかった。でもこの状況は私には好都合だった。

お墓に手紙を供える所を誰にも見られてはいけない。それも手紙を出す際の条件の一つなのだ。

墓前に手紙を添え、返事を下さいと、心の中で四回お母さんに祈る。そうしたらすぐに手紙を回収し、誰にも見つからないようまた鞄へ。

とにもかくにも、死んだ人とやり取りをするためには、その工程のあれこれを決して人に見られてはいけないというルールがあるらしい。

早々に家に帰り、私は火に気をつけながら手紙をコンロで焼いた。換気扇に吸い上げられていく煙は、お母さんのいる天国へ私の手紙を届けてくれる糸のようだ。

これで私がすべきことは終了した。後は返事が戻ると信じながら四週間後を待つだけだ。

その夜、私は電話で幼馴染と手紙の扱いに関して手順を確認し、翌日から四週間という期間が過ぎるのを心待ちにした。

返事は本当に来るだろうか。来たとして、内容はどんなものだろう。

毎日それだけを考えながら、まだ期日には早すぎるのに意味もなくポストを覗く。

そして四週間目。学校から駆け戻り、覗いたポストの中には、これまで見たことのない赤色の封筒が入っていた。

切手も消印もない。そもそも宛名の部分に書かれているのは私の名前だけ。

噂を実行する前なら、誰かがイタズラでポストに入れた怪しい手紙としか感じられなかっただろう。でも噂通りにお墓に手紙を出した私には確信があった。

お母さんから返事が来た！

手紙を掴んで部屋に戻り、いそいそと封を開ける。

遺品のノートで見たのと同じ、少し癖のある文字で綴られた手紙。

間違いない。書いている所を見たことはないけれど、これはお母さんの文字だ。

泣きそうになる気持ちを抑えながら内容に目を通す。

私の質問に一つ一つ返されるお母さんの返答は、お父さんから聞いていた通りの人柄を窺わせてくれるものだった。

優しくて、文字だけでも温かくて、心の底から私のことを想い、天国にいても私のことを考え続けてくれていると判るその文章。

胸がいっぱいになると同時にもう堪え切れず、私は手紙を握り締めて号泣した。後で、帰ってきたお父さんに泣き腫らした顔を見られ、どうしたのかと心配されたけれど、悲しいドラマで泣いてしまったと嘘をつき、その夜は、お母さんの手紙を枕の下に入れて寝た。

翌日顔を合わせた幼馴染は、まるっきり同じ状態になっていた。

一目で泣き続けたことが判る真っ赤な目。彼女の所にも、ちゃんとお母さんからの返事が届いたらしい。

手紙は人に見せてはいけないし、内容を話してもいけない。だから私達はお互い何も聞かなかったけれど、顔を見れば、返事が満足のいくものだと確信できた。

でも、返事をもらえてとても嬉しいし幸せだけれど、この手紙をずっと手元に置いておくことはできない。

届いた日から一週間以内に、手紙は自分が出した時のように焼いてしまうこと。もちろん紙に内容を書き写したり写真を撮ったりしてはいけない。

せっかくのお母さんからの手紙を焼いてしまうなんて。でも、幼馴染が聞いた噂は、確かにそうしろという内容だったらしい。

「ねぇ。もしも手紙を焼かずに保管しておいたらどうなるの？」

「判らない。私が聞いた噂の内容はそこまでだから」

幼馴染も、もしもの先は知らないと言う。

お母さんの手紙を手元に残しておいたら、一体何が起こるのだろう。もしかしてお母さんが私を連れに来る？　ううん。そんなこと絶対にない！　お母さんはそんなことを考えるような人じゃない！

噂に、焼き捨てなかった時どうなるかという続きがないのは、もしかしたら何も起こらないからなのではないだろうか。絶対と念押しされて手紙を焼いてしまった人達が、みんなの手元にも手紙を残したくなくて、何か起こるというような空気にしているのではないだろうか。

「私、お母さんからの手紙、絶対に焼いたりしないよ」

似たようなことを考えたらしく、幼馴染が力強く宣言する。それに私もうなずいたけれど、保管期限が迫るにつれてどうにも不安が募ってしまい、結局私は、期限ギリギリになってお母さんからの手紙を泣く泣く焼き捨てた。

手紙を焼き捨てた翌日、私は幼馴染の顔を見ることができなかった。

怖さに負けて大切な物を捨ててしまったうしろめたさで、どうしても彼女の顔を見られなかったのだ。でもそれは向こうも同じようだった。

きっと幼馴染もお母さんからの手紙を焼いてしまったに違いない。だけどああも強く宣言した分、私より気まずいのだろう。

総て承知と、あえて何も言わず、聞かず、私達はその日、口をきくこともなく一日を過ごして帰宅した。

でもその翌日から、幼馴染は一切私に関わろうとしなくなった。声をかけても完全に無視され、まさに取り付く島がないという状態だ。

「ねぇ。私、何か怒らせるようなことしちゃった？」

訊いても無言で首を振り、逃げるようにその場を去って行く。その態度に、一体自分は何をしてしまったんだろうと悩んでいたけれど、突然避けられるようになってから一週間が経過した夜、久しぶりに彼女から連絡がきた。

ラインでもメールでもない直接の電話で聞く幼馴染の声は震えていた。

「……どうしよう。どうしよう……」

「何？　何があったの？」

「お母さんからの手紙……××ちゃんは燃やしたのよね？　でも私は燃やさなかった。燃やせなくて、ずっと鞄の中に入れてたの。そうしたら翌日から、家に帰ると必ずポストに、一言だけ文字が書かれた便箋が一枚入っているようになったの」

「文字？　なんて書いてあったの？」

「最初の日は『む』だった。次の日は『か』。その次が『え』」

一文字ずつ告げられる便箋上の書き込みに、私は一瞬で背筋が冷えるのを感じた。

む、か、え……多分『迎え』。そして続いた言葉きっと……。

「今日も便箋は入ってた。そこに書いてあった文字は『わ』。繋げて読むと……」

迎えに行くわ。

幼馴染の声と私の脳内に浮かんだ文字が噛み合った。

迎えに行く？　誰が？　誰を？　いや、そんなのいちいち考えるまでもない。

「それ、どうして話してくれなかったの？」

一週間、毎日届き続けた不気味な便箋。それが届くのは相当恐ろしい体験だっただろうに、どうして幼馴染はそのことを自分に話してくれなかったのか。

少し咎める口調で問いかけると、しばらくの沈黙の後、幼馴染はためらいがちの声で話し始めた。

「……正直に言う。私、手紙を燃やす期限の翌日、顔を見た瞬間に××ちゃんは手紙を燃やしてしまったんだって判ったの。そして、××ちゃんのお母さんへの気持ちはその程度なんだって思っちゃったの」

手紙を焼いてしまった私に、幼馴染は軽く幻滅したらしい。だから便箋が届いても何も話す気にならなかったと語った。

「一言ずつの便箋は何のことか判らなくて、もしまだやりとりができる合図なら、私、××ちゃんにそれを自慢しようって思ってた。せっかくの手紙を焼いたりするからチャンスをなくすんだよ、って。でも、言葉の意味が判り出して、私、怖くなった。だけど××ちゃんを見下すようなことを考えたから、とても相談できなくて、××ちゃんと上手く関われないまま今日まできちゃった」

この一週間の、彼女の態度の理由が明かされる。その内容に腹が立つ部分もあったけれど、電話の向こうから聞こえる泣き声は、それだけで私の怒りを鎮めるには充分なものだった。

「××ちゃん、今からウチに来て！　一緒に、これからどうすればいいのかを考えて！　私、自分じゃもう、外になんか出られない！　お願い！」

もう日は暮れていたけれど、幼馴染の声があまりにも切羽詰まっていて、私はスマホを片手に家を飛び出した。

彼女の家へ向かう途中も通話はやめず、自分の現在地を告げ、少しずつ近づいていることを教えながら幼馴染を勇気づける。

「もうじき着くからね！　それまで待ってて！」

「うん。うん……」

幼馴染の涙声がスマホ越しに聞こえてくる。その向こうにどこかのチャイムの音が響いたと思った瞬間、幼馴染の声がぱっと明るくなった。

「××ちゃん！」

呼ばれた名前。でもそれは通話中のこちらに向いたものではない。どこか別の場所に向かっての声だ。

まるで、もう私が相手の家に着いたかのようなその声。それと先刻のチャイムの音が、私の中でとてつもなく嫌な予感として膨れ上がった。

「待ってて。今すぐ開けるから！」

電話越しでも判る。何度も訪ねたことのあるあの家の玄関へ、幼馴染が自分の部屋から向かっている。

「○ちゃん！　違う！　私、まだ○ちゃんの家に到着してない！」

声を限りに叫ぶが返事がない。彼女の中ではもう、チャイムを押したのは家に辿り着いた私になってしまっているらしい。

「聞いて！　それ、私じゃない！　開けちゃダメ！　絶対に開けちゃダメ！」

渾身の力で叫ぶ。だけど私の訴えは幼馴染には届かなかった。

「××ちゃん。ありがとう！　待って、た、の……お母さん!?」

それが、私が聞いた幼馴染の最後の声だった。

「……もしもし、もしもし？　返事して！　もしも――」

断ち切られたかのように通話が途絶える。何度リダイアルしても繋がらない。

幼馴染に何が起きたのか。原因も判らないままその『現場』に向かうことに恐怖があったけれど、それ以上に彼女のことが心配で、私は竦みそうになる足を必死に動かし、どうにか彼女の家に辿り着いた。

そこに幼馴染の姿はなく、玄関先には彼女がお母さんから受け取ったらしき手紙と、その傍らに数枚、追加で送られてきたという便箋が落ちていた。でもそれは私が拾うより早く、火の気もないのに突如青白く燃え上がり、灰となって風に流され、消えた。

その後、帰宅した幼馴染のお父さんが玄関先で呆けている私を見つけ、彼女のお父さんだけでなく警察の事情聴取なども受けたが、手紙の話は信じてもらえず、幼馴染は謎の失踪事件の被害者としてニュースなどでも報じられたが、行方が知れることはなかった

……あれからもう何十年も経ち、私は我が子から『お母さん』と呼ばれる立場になったが、あの日以来、幼馴染はずっと行方不明のままだ。

彼女がどこへ行ったのかは判らない。本当に、彼女自身のお母さんにどこかへ連れて行かれてしまったのか……いや、そんなことはありえない。

母親になった今だから強く思う。どんなに自分を慕い、一緒にいたいと相手が望んでくれても、我が子をあの世から迎えに来る母親などいないのだ。

死んだ相手とやり取りができる手紙。その返事を書いて寄こしたのは何ものなのか。いまだにそれは謎のままだけれど、一つだけ断言できる。あの噂は、大切な人を失って悲しむ者の心につけ込み、あわよくば、幼馴染のような存在を自分達の世界に引きずり込もうとする、卑劣でろくでもないものだ。

今でもネットなどであの噂に関連した単語を検索すると、似たような噂話が出てくるが、願わくば、この先もう誰も、あんな噂を信じて実行したりすることがありませんように。

喪服の話

東堂薫

「ねえ、知ってる？　駅裏でね。おばあさんがやってるテーラーの話」

同じ大学を卒業した菜佳子《なよこ》から電話がかかってきたのは、一週間前のことだ。

「ああ。あるね。駅裏のテーラー。長いこと、おばあさんが一人でやってるんだよね。でも、あそこ、腕はいいけど、すごく高いって話だよ。だから行ったことはないなぁ」

莉緒《りお》は相変わらず遅い亭主の帰りを待ちながら、マンションの一室で時計をながめる。

夜の十一時半。今夜も輝矢《てるや》は帰らないつもりか。

電話のむこうでは、まだ菜佳子が仕立て屋の話を続けていた。

「あのね！　そのテーラーで喪服を作ってもらうとね。望んだ人の葬式に出られるんだって！」

「へえ。そうなの。すごいね」

てきとうに相づちを打ってはいるものの、話の意味はよくわかっていない。どうでもいいが、菜佳子がえらく興奮している。めずらしいな、とは思った。

「まあ、喪服は葬式に着てくためのものだよね」と気のない返事をすると、とたんにキツイ声が返ってきた。

「そうじゃないの！　だから、ええと……おばあさんにね。誰の葬式にその喪服を着ていきたいか言うの。そしたら、その喪服ができあがるころに、ほんとに相手の葬式がひらかれるんだって！」

莉緒は頭のなかで、じっくり考えた。

「……それって、喪服を作ってもらうと、できあがり時期に相手が死ぬってこと？」

「そう！」

「あの駅裏のおばあさんのテーラーでだけ？」

「そう！」

莉緒は笑った。

「おばあさんが呪い殺してくれるのかな？　すごいねぇ。ほんとだったら、おばあさん、魔女だねぇ」


その日は電話を切った。

菜佳子の話を、莉緒はまったく本気にしていなかった。

それより、輝矢の浮気に頭を悩まされていた。

輝矢が莉緒の学生時代の友達の樹理恵《じゅりえ》と浮気しているのは知っているのだ。親友の夫をとるなんて、信じられない。絶対に許さない。


だが、翌週。

菜佳子の夫がとつぜん事故死した。

葬式に出席した莉緒は、菜佳子が仕立てのいい喪服を着ているのを見た。

「その喪服、どこで買ったの？」

不謹慎だとは思ったが、気になったのでたずねてみた。菜佳子はレースのハンカチをにぎりしめながら、ニッコリと微笑した。

「駅裏のテーラーよ。作ってもらったの」

「…………」

莉緒は葬式が終わるとすぐに、その足で駅裏の路地に入っていった。路地の奥に薄暗い小さな店がある。看板もないし、昔から、この町に住んでいる人でなければ、そこが仕立て屋だということもわからないだろう。

呼び鈴を押すが返答がないので、そっとドアノブをまわしてみた。ドアがひらき、なかにおばあさんがすわっていた。

「喪服を仕立ててもらいたいんです。お金はいくらかかってもかまいません。百万くらいなら出すわ。だから、横山樹理恵の葬式に行くための喪服を作ってください！」

おばあさんは黒い表紙の冊子をながめていたが、眼鏡ごしの視線を莉緒にむけた。

「あんた。名前は？」

「鈴木莉緒です」

おばあさんは、ため息をついた。

「作ってもいいけど、あんたがそれを着て葬式に行くことはできないよ？」

「えっ？　なんでですか？」

「順番ってものがあるからねぇ」

「順番？」

「あんたの葬式のあとの仕上がりでよければ作るよ」

そう言って、おばあさんは黒い冊子をとじた。

そこには顧客名簿と書かれていた……。

警笛鳴らせ

三石メガネ

大学時代、同じ研究室に沢崎君という穏やかな男性がいた。

彼は酒が飲めないため、飲み会があるときはよく車を出してもらった。

男女ではありながらお互いに恋愛感情のない、ゆるい関係だった。


少し遠い店で飲み会をしたときの話だ。

そのときも私は酒を飲み、助手席に乗せてもらっていた。

沢崎君は道をよく知っている。その夜も、私の知らない近道を通って帰宅している最中だった。陰気な雨が降っていた。

「なんか面白い話ない？」

酔っ払いの無茶ぶりに、気分を害した様子もなく答えてくれる。

「どんなの？　怖いやつとか？」

「そうそう、それでもいい」

田んぼに囲まれた一本道だ。ほかに車通りはない。

遠くに立ち並ぶ古びた民家が、ハイビームの光で薄ぼんやりと浮かび上がった。

「そういえば、ちょうどこの道をもう少し行ったところに標識があるんだけどさ。『警笛鳴らせ』の」

「へー。あれってなんで鳴らさなきゃいけないんだっけ」

「見通しが悪いところで、事故を防ぐためにあるんだと思うよ。山道とか、濃い霧が出やすい場所とか」

「ここ霧出るの？」

「ときどき通るけど、出てたことはないな」

助手席で目を凝らした。山道のように坂があるわけでもなければ、急カーブや高いブロック塀があるわけでもない。日さえ昇れば、田んぼの向こうの民家一軒一軒まで見渡せるだろう。

「……ああそっか、怖い話だもんね。つまり幽霊が出るわけだ」

「そういう感じともいえるのかなあ」

曖昧に答えて、沢崎君は声を落とす。

「以前にそこで事故があってさ。大雨の日に、お婆さんがトラックに轢かれたんだって」

暗い夜道から目を逸らさず、彼は淡々と話し始める。

——この辺りに、身寄りのないお婆さんが暮らしていた。

伴侶もいなければ親戚もいない。けれど堅実な働き者だったため、それなりの蓄えはあった。

ところで、彼女には親しい隣人がいた。三世代で同居している一家で、一緒に旅行に行くほどだったという。彼らの四歳になる孫にも祖母のように振る舞っていた。つまり、いろいろと買い与えていたわけだ。

そしてあの事故が起こった。

雨の夕方、道を歩いていたお婆さんは大型トラックに轢かれた。トラックはすぐに停まることなく、数十メートルにわたって小柄な彼女を引きずっていった。

脆い老体が、大根おろしのように摩り下ろされる。

道には赤い一本線が描かれ、その周りに点々と肉片が散らばった。降り続く大雨は、さらにお婆さんの身体を道に塗り広げていく。

ようやくトラックが停車したころには、彼女はもはや人の形をしてはいなかった。即死であることは間違いない。

運転手は逮捕され、親しくしていた隣人一家に訃報が伝えられた。生前に「死んだら葬式を上げてくれ」と頼んでいたのだ。そのとき、隣人は多めの手間賃を含めた金を受け取っている。

葬儀が行われることはなかった。

隣人一家は遺体の引き取りを拒否した。天涯孤独のお婆さんは、無縁仏として何の儀式も行われないまま火葬されたのだ。最期まで独りきり、摩り下ろされた身体の全てのパーツも揃わないままに。

血も肉も大雨によって辺り一帯に広がり、回収不能となった。骨は合祀によって他人の骨と混じり合ってしまっている。

だから。

お婆さんの魂は、火葬後に残った骨ではなく、この道路に宿っているのだ。

「それで『警笛鳴らせ』とどう関係あるの？」

話し終えた沢崎君に訊くも、すぐには返事がなかった。

「あー分かった。お婆さんの霊に憑かれないようにクラクションで祓《はら》うんだ」

遠く見据える先に白い何かが立っている。標識だろうか、雨でよく見えない。

「……逆かなあ」

ガコン、と軽く車体が揺れる。石のような、小さくて硬い何かを踏んだようだ。

「逆って何よ。まさか霊を呼び込むとか？」

「この道はもうお婆さんの領域なんだ。あのあと事故が頻発してね、その筋の人に見て貰ったら、ほかの霊まで引き寄せてひどいことになってるって」

「何それ……この道の話なんだよね？」

焦って周囲を見渡す。奇妙にも、彼は軽い笑い声を立てた。

「だからクラクションなんかで祓えないいんだよ。みんな一緒。ここに来たら誰だって乗せるもんなんだ」

私は信じられない思いで彼の横顔を見る。

それならなぜ、この道を通るのか。

柔和な笑みがひどく不気味に感じる。

「じゃあなんで鳴らすんだよ、って言いたそうな顔してるけど」

「なんで鳴らすのよ」

「葬式のあと、霊柩車がクラクションを鳴らすのは知ってる？」

私は無言で頷いた。

「茶碗割りの代わりとか一番鶏の代わりとか、諸説あるんだけど。結局なんでクラクションなんか鳴らすんだって言えば、弔いの表現としてなんじゃないかな」

「……弔い？」

「遺された側からすればね。出せなかったお葬式の代わりにできることがあるとすれば、これなのかなって。実際この標識が設置されてから事故も減ってきてるらしいし」

沢崎君がハンドルから右手を離す。

――ビーーーーーーーーーーーーーーーッ。

クラクションと同時に現れた『警笛鳴らせ』が、瞬く間に後方へと流れた。

「ちなみに、この道を真っすぐ行った先には共同墓があるんだ」

さっきも白い何かが立っていた気がするが、あれは別の標識だったのだろうか。

そう思って振り返るも、先ほどの『警笛鳴らせ』以外に目ぼしいものは見当たらない。

「心配しなくても、墓を通り過ぎれば降りてくれるよ」

車のエンジン音がわずかに低くなった。なんだか走りが少しだけ悪くなった気がする。

「できた人だよ。悪意なんてないんだ。ニコニコしながらおもちゃを買ってくれてたころと変わらない」

沢崎君が穏やかな口調で言った。

その性格を作ったのは、果たして両親だけなのだろうか。ふと彼の幼少期が気になったが、口に出すことはためらわれた。

すっかり酔いが醒めた頭で考える。

彼女の全てを送り届けるには、あとどれだけかかるのだろうか。

娘が嫁いだ日

松本エムザ

「映り込んでしまうんですよ。映るはずのないモノが」
よくある怪談話のひとつだと思っていた。
自分の身に、あんなことが起きるまでは……。

紗和子が念願のマイホームを手に入れたのは、ちょうど三十路を迎えた秋。玄関先に植えられた金木犀が香る季節だった。夫と五歳になる一人娘との三人で暮らす、憧れの一軒家。最寄り駅まではそこそこ距離があり、バスか車を利用しなくてはならなかったが、幼稚園や小学校、手ごろなスーパーも徒歩圏にあったので、夜遅くまで騒がしい駅近くの繁華街よりは、新興住宅地であるこの場所の方が、子育てにも安心だと購入を決めた。

何もかもがまっさらな、新築の自宅での新生活に、紗和子の胸は躍っていた。

春を迎え、娘の有紗の小学校入学の時期となった。自宅から学校までは、子どもの足で約十五分。学校へは近所の子どもたちと一緒に登校班で通うのだが、安全確認も兼ねて、紗和子は入学前に娘と通学路を歩いてみることにした。

ほとんどの道のりはガードレールのある歩道で、幹線道路を横断する際には歩道橋が利用でき、おおむね安心できたのだが、一か所だけ気になる場所があった。

自宅近くの交差点。そこは緩やかなカーブを描いた二本の道が交わっていて、見通しが悪いにもかかわらず、信号もなく車の往来を確認するためのカーブミラーもない。アスファルトの道路に、横断歩道の白線がざっくりとひかれているだけ。


「どう考えても危ないと思うのよ」

「そうかぁ。それは心配だなぁ」

夫の健司は、マイホーム入手によって通勤時間が倍になってしまったせいか、いつも疲れた様子で、相談を持ちかけてもどこか他人事だった。娘のために自分ががんばらなくてはと、紗和子は行動に移した。

信号は無理でも、せめてカーブミラーを設置して欲しいと、学校やＰＴＡ、自治会、役所、警察署にまで、要望を聞き入れてもらおうと直談判に向かった。

しかしどの窓口も、紗和子が問題の交差点の住所を告げると、揃って渋い顔をして返答をうやむやにする。

納得がいかず何度も足を運んだ末に、町内会長である男性がついに重い口を開いた。

「以前はね、設置されていたんですよ。女の子が、事故で亡くなったのをきっかけにね」

「やっぱり。危険ですものね、あの交差点。でも、なんで撤去されたんですか？　今でも結構な交通量があるのに」

「……それがね」

一瞬ためらいを見せた会長が、ぽつりぽつりと続ける。

「映り込んでしまうんですよ。映るはずのないモノが」

「は？」

「その場に誰もいないのに、カーブミラーに女の子が映るって、何件も苦情が入ってね。気味が悪いし、かえって事故に繋がるって問題になってね」

「女の子って、さっきのお話の事故で亡くなった女の子の姿ってことですか？」

「……そうとは断言できないけれど、その子と同じくらいの年頃の子だったたって証言が多かったのは確かだね。青白い顔をして、鏡に浮かび上がっていたって」

「そんなバカな」

紗和子は一笑に付した。

霊が映るカーブミラーだなんて。おおかた映り込んだ街路樹か何かの影が、なんとなく子供の形に見えてしまっただけだろう。

――幽霊の正体見たり枯れ尾花

そこで死亡事故が起きたという認識が、あやふやな陰影を少女の霊と結びつけてしまっているのではないだろうか。それに、冷たい言い方だが、既に亡くなった少女のことを憂うよりも、生きて毎日学校に通っている子どもたちのために、安全を考慮する方が重要だろう。

ますます使命感に駆られた紗和子は、カーブミラー設置の要望を再度申請する為に、有紗が通う小学校の保護者を中心に署名を集めはじめた。

自宅周辺の、近年この街に住居を構えた人たちからは賛同を得られたが、それ以外の古くからの住民の多くが署名を渋ったのには驚いた。どうやら彼等は、少女の霊の存在を信じているようなのだ。

それでも紗和子の執念とも言える努力と行動力が実り、冬休みの間に再びその交差点にカーブミラーが設置された。ひとまずこれで安心と胸をなでおろしたものの、しばらくすると紗和子には新たな悩みの種が生まれ、その芽は静かに伸びていった。

「あの子、今日もいたね」

「うん、ひとりぼっちで寂しそうだったね」

「こんど、『一緒にあそぼう』ってさそってみようよ」

「そうしよう！　さそってみよう！」

自宅の庭には、有紗の為にちょっとした遊具が設置してあった。有紗は放課後クラスメイトを招いて庭で遊び、その様子を紗和子は室内で家事をしながら眺めることができた。近所のアパートに住む菜月ちゃんとは特に仲が良く、たびたび庭でその姿を見かけたが、ある日洗濯物を取り込みに庭に出た際に聞こえてきた二人の会話に、紗和子はつい口をはさんだ。

「その子は近所の子なの？」

「うん」

「学校のお友達じゃないの？」

「ううん、学校にはいないの」

「有紗や菜月ちゃんと同い歳くらいの子？」

「うん、たぶん」

学校にはいないとなると、どこか私立の小学校にでも通っているのだろうか。それとも身体の弱い子なのか。

「じゃあ今度その子もお家に招いて、ママに紹介して？」

「うん！」

けれどもその後、友達の増えた有紗は狭い庭では物足りないと、近くの公園で遊ぶようになりその約束は叶わなかった。

公園は、あの交差点の近くにあった。新しく設置されたカーブミラーにも、時折り少女の姿が映り込むと噂されはじめたあの交差点の……。


「ママ！　ほら、あの子だよ！　あの子！」

後部座席の有紗が声をあげたのは、正にその交差点に紗和子がハンドルを握る車が差し掛かったときだった。

季節が変わり春になって、二年生に進級した有紗は水泳教室に通うようになり、隣町のスイミングクラブに週二回、紗和子が車で送迎をしていた。

「え？　あの子って誰のこと？」

「ほらぁ、前にママが『紹介して』って言ってたでしょ？　さっきの鏡のところにいたでしょ？　気付かなかった？」

いや、そんな子どもの姿は見えなかった。問題のカーブミラーにも何も異常はなかったはずだ。

「……ねぇ、有紗。その子とは最近もよく遊んでいるの？」

「うん！　公園でね、かくれんぼとかおにごっこして遊ぶんだよ」

「そう……。その子、名前はなんていうの？」

「知らなーい。おしゃべりしないいんだ、その子。でも有紗、なかよしなんだよ」

嬉しそうに話す我が子に、紗和子は喉まで出かかった言葉を飲み込んだ。「その子とはもう遊んじゃいけません」の言葉を。

その後も何度か車で交差点を通った際に、有紗は少女が道端に佇んでいることを告げた。しかし紗和子には見えない。紗和子ひとりで徒歩で交差点の周辺や、カーブミラーをチェックしてみても、別段変わった様子は見られない。

有紗が友達と遊ぶ公園にも、こっそりのぞきに行ってみたが、見慣れない少女の姿はそこにはない。

「有紗ちゃんのお母さんですか？」

その日も有紗の後をつけて覗きに来ていた公園で、見覚えのある女性に声を掛けられた。

「菜月の母です」

「ああ、こんにちは」

この街で生まれ育ったと言う菜月ちゃんの母親は、署名集めの際に名前を書かなかった反対派の人物のひとりだった。

「有紗ちゃんからお話し聞いてます？」

「えぇと、なんのでしょう？」

「交差点にいる女の子の」

辺りをはばかるように、声を落として彼女は話す。

「おかしいと思いません？　交差点に昼も夜もひとりでいるだなんて。おまけに学校にも通ってなくて、名前も言わないなんて」

「ええ、確かに」

「有紗ちゃんのお母さんは、その子をご覧になったことは？」

「いえ、まだ」

「ほら、おかしいじゃないですか。子どもにしか見えていないだなんて」

確かにおかしい。紗和子ももちろん思っていた。だがこうやって他者に指摘されると、「そんなことはない。そんなはずはない」と頑なに心を閉ざす自分がいるのも分かった。

「息子のクラスではこんな噂が出ているんです。あの交差点のカーブミラー、今度は二か所に取りつけられたでしょう？」

その通りだ。以前は一か所のみだったのを、紗和子の強い申し出で、設置場所を二か所にしてもらったのだ。

「あそこは道路が緩くカーブしているから、丁度鏡が映り合う『合わせ鏡』になって『霊道』

ができてしまったんですよ！」

「れいどう？」

「霊の通る道ですよ！　だから死んだ女の子が、鏡の中から出てきてしまったんですよ！　私はあれだけ反対したのに！」

菜月ちゃんには小五になる兄がいた。小学生男児が好きそうな都市伝説だ。そう言い切りたいのに、何故だか反論できなかったのは、菜月ちゃんの母親の剣幕に怯んだからではない。『不安』と言う名の植物が、じわじわと身の内にはびこっていく感触が、紗和子にそうさせたのだ。


そんな折り、夫・健司の海外転勤が決まったが、治安の面などを考慮して単身赴任をすることになった。その準備に忙しく追われ、しばらくは紗和子も余計な悩みに惑わされる暇もなく日々を過ごした。

しかし、夫を赴任地に送り出してほっとしたのもつかの間、父親不在となった寂しさと環境の変化からか健康優良児だった有紗が珍しく体調を崩した。プール熱と呼ばれる咽頭結膜熱だと診断されたが、高熱が何日も続き、ついには肺炎まで引き起こしてしまった。

その日は週末の夜で、既に行きつけの小児科の診察時間は終わっていた。だが、高熱と激しい咳で、食事も水分も満足に取れず衰弱していく娘を放っておけず、紗和子は夜間治療を行っている病院に有紗を連れていくことにした。

助手席を最大限に倒し有紗を寝かせる。

「すぐ着くからね。がんばるんだよ、有紗」

声を掛けても、朦朧としている娘からは答えがない。

急がなければとアクセルを踏み込む。流れていく夜の景色の中、ヘッドライトが映しだした道の先に、浮かび上がった小さな子どもの姿が目に入った。

こんな夜更けに子どもがひとりでいることとか、それが有紗と変わらないくらいの女の子だったこととか、その場所があの交差点のカーブミラーのそばだったこととか、瞬時に脳内にいくつもの疑問符が浮かんだが、そのときの紗和子には、有紗を一刻も早く病院へ連れていくことだけが重要で、ほかの全ては記憶から流れていった。

そして時は流れ――

母から譲り受けた留袖を着て、紗和子は都内のフレンチ・レストランにいた。

「やっぱり着物じゃおかしかったかしら」

自然派志向で人気のこのレストランでは、週末はレストラン・ウェディングができると若いカップルから評判の場所であった。

「いいじゃないか。それを着るのが夢だったんだろう?」

隣りに座る夫の健司は、略礼服のブラックスーツだ。南欧の邸宅をイメージしたというナチュラルだけれど洗練された内装の会場では、黒の留袖は正直少し重たく感じた。

だが夫の言う通り、この着物で娘の結婚式に出ることを紗和子は夢見ていたのだ。母はすでに他界しているが、これを着て式に参列すれば、天国の母に孫の晴れ姿を見せてあげられるような気がしていたのだ。

今日は愛娘・有紗の結婚式。

ずっと先のことだと思っていたのに、こんなにも早く娘を送り出す日が来るだなんて。

小・中学校を地元の公立校で学んだ有紗は、豊かな自然が溢れる地に憧れて、高校は信州にある全寮制の学校へ進学した。大学も同地で学び、就職で東京に戻ってからも「通勤が楽だから」と実家には戻らず寮暮らしをし、職場で出逢った三歳年上の青年とあっという間に結婚を決めてしまった。

進学も就職も結婚もすべて自分で決断し、いつも紗和子や夫には事後報告だった。

娘がいる紗和子の同級生たちからは、娘の相談相手になってやったり、一緒に街に買い物に行ったりと、友達のように仲良くしている話を聞かされていたが、有紗からは結婚式の会場選びも、ドレスの試着にも声を掛けてもらうことはなかった。

「それだけ自立しているってことだろ？　頼もしいじゃないか」

夫はそう言うが、単身赴任を終えた彼が自宅に戻ってすぐに、有紗は家を出ていった。高校に上がるまで、紗和子と有紗はほぼ二人暮らしだったのだ。もう少し、頼りにしてくれてもいいんじゃないかと感じる気持ちの方が強かった。

小さい頃は、あんなに「ママ、ママ」と慕ってくれていたのに――

それでもそんな不満は顔に出さず、紗和子は「新婦の母」として笑顔でふるまった。披露宴の招待客は新郎新婦の友人知人がほとんどで、有紗の新たな門出を親戚にも祝ってもらいたかったと内心では思っていたが、微笑みを絶やさず挨拶をして回った。

若い客層の中で、新婦側の席にひとりの年配のご婦人が静かに座しているのが紗和子の目にとまった。周囲の客と会話するわけでもなく、ただただウェディング・ドレスに身を包んだ有紗の姿を追っている。彼女は娘と、どのような知り合いなのだろう。

「本日はお越しいただきありがとうございます。有紗の母でございます」

ビール瓶を手に、紗和子はご婦人のテーブルへ挨拶に向かった。

「あ、あぁ……。本日は、誠におめでとうございます」

紗和子の声がけに、小さく驚きを見せたご婦人は、消え入りそうな声で祝いの言葉を述べた。

「有紗とは、どのようなご関係で？」

失礼にならないよう、さらりと問いかける。

「……はい、あの、あ、有紗さんが信州にいらっしゃる際に親しくしていただいて……」

他人との会話が苦手なのか、紗和子と目を合わさず俯きがちで言葉を返す。

「……今日は、お招きいただき、本当にありがとうございました」

そう言って深々と頭を下げたご婦人の薄い身体は、細かく震えていた。まさか泣いているのだろうか。母親の自分でさえ、まだ涙していないというのに。

「どうぞごゆっくり」

動揺を隠すように慌てて頭を下げると、紗和子は逃げるようにご婦人のテーブルから離れた。


三時間弱の披露宴も無事終わり、すべての招待客を見送って、紗和子は着替えの為に控室へ向かった。

手前の部屋の扉が少し開いており、純白のドレスの後ろ姿が見えた。有紗だ。「お疲れ様」の一言でも掛けようと、ドアノブに手を伸ばすと
「ありがとう、おかあさん」

有紗の声が聞こえてきた。

有紗は紗和子のことを「ママ」と呼ぶ。彼女が「おかあさん」と呼ぶとなると、一緒にいる

のは先方のお姑さんだろうか。ならば尚更あいさつをしなくてはと、足を踏み出した。すると
「ありがとう。ありがとう」

涙声で繰り返す、女性の声が聞こえてくる。その弱々しい声には聞き覚えがあった。

「顔をあげて、おかあさん」

有紗の向こうに見えた声の主は、披露宴で紗和子が挨拶をしたあの老婦人だった。

（……どうして、あの人が）

瞬間、紗和子の脳裏に過去の記憶が蘇った。忘れようとしていた記憶。封印して消し去ろうとしていた記憶。


有紗が小学生の頃、カーブミラーを設置しようと働きかけた近所の交差点。都市開発が進んだ現在、道路が拡張され信号が取り付けられたあの交差点。あの場所で起きたあの夜の出来事。

高熱でうなされていた娘を病院に連れていく際、あの交差点を通ったとき、有紗は突然「ママ！　助けて！　ママ！」と絶叫して意識を失った。半狂乱で駆け込んだ病院にそのまま入院し、丸一日あけてようやく意識を回復したときには、医師と神様に心から感謝した。

だがその日を境に、紗和子は有紗に生まれた小さな異変を感じ取っていた。

男の子顔負けの活発な性格だったのに、絵を描いたり読書をしたりと室内でのひとり遊びに

没頭するようになった。苦手だった野菜を「美味しい」と食べるようになった。突然「お母さん」と呼びだし「いきなりどうしたの」と笑ったら、また「ママ」に戻ったのもあの直後だった。

おしゃれが大好きで、紗和子のお化粧道具をいたずらすることも度々あったのに、何故か「鏡」を見るのを嫌うようになった。

そうだ。鏡だ。

あれは有紗が中学生の頃だったろうか。洗面所で髪を乾かしている彼女の背後を通ったとき、ふと顔をあげた鏡に映った有紗の顔が全くの別人に見えたことがあったのは。

「え?」と思わず声をあげ、瞬きを繰り返していると、

「どうしたの?」

そう言って振り返った顔は、いつもの有紗だった。

あのとき胸の中に生まれたひとつの疑問。そんなはずがあるわけないと、無理矢理忘れようとした懐疑の念。

——有紗の身体は、あの交差点の少女の霊に乗っ取られてしまったのではないか。

紗和子の頭の中で、披露宴の光景がフラッシュバックされる。涙ぐんでいた老婦人。テーブルを去り際に目についた、席札に書かれた三文字の珍しい苗字。その名前が、以前紗和子と誰かが交わした会話に出てこなかったか?

「阿知野さんもお気の毒でねぇ。母一人子一人だったのに、お嬢さんを亡くされて、今は信州のご実家で暮らされているんですよ」

嘆願書を携え、幾度となく通った町内会長の家。人徳者だと評判だった彼が話してくれた、あの交差点で亡くなった少女の家族の名前。

それが一致したとき、すべてを悟った。

「……有紗っ！」

花嫁の背中に投げかけた自分の声は、驚くほどに震えていた。

「……どうかした？　ママ……」

振り向いたその顔は、逆光ではっきり見ることができない。けれどもその声の温度の低さに、紗和子は確信した。

この日紗和子は、ひとり娘を嫁に出したと同時に、永遠に失ったのだ。

現在、再び夫は単身赴任で日本を離れ、広い自宅に紗和子はひとりで暮らしている。

玄関脇の金木犀は、変わらず毎年可憐な花を咲かせている。
変わったのは、家の中の至るところに、何枚もの鏡が飾られはじめたことだ。
今日もまた一枚、新しい鏡が飾られる。
紗和子は、独り呟く。

「……道を作ってあげなくちゃ。いつでも、あの子が帰ってこられるように」

執筆者紹介（五十音順）

閼伽井尻

別名、赤い尻。京都府生まれ。二〇一七年、「前回」が第二回大阪てのひら怪談で佳作となる（赤い尻名義）。

ガラクタイチ

北海道出身。転職を繰り返しオカルトに目覚める。都市伝説やホラー等をエブリスタに投稿。竹書房主催の怪談コンテストで佳作をゲットし気を良くするも、ペンネームを周囲に笑われ後悔する日々。趣味は漫画の収集。

さたなきあ

『それ』は地雷のように……遭えばやられてしまう!!　単純――しかし、だからこそ恐ろしい『純粋怪談』を模索・執筆。著書多数。アマゾン・Kindle 他にて現在電子書籍を全開展開中！

砂神桐

猫を愛するが激しく疎まれる体質のため、家にお迎えすることができず、近所の野良猫に熱視線を注ぎまくる不審者。酒を与えると、またたびを与えられた猫より幸せ状態になる。そこらの猫を遥かに上回る寒がり。

東堂薫
神社で神様の化身の蛇を見た日に、この原稿の依頼を受けました。神様ってほんとにいるんですね。ミステリー、SF、ホラーなど幅広く書いています。ほぼ全作に美男美女が登場。いつも応援してくださるみなさんに感謝！

松本エムザ
栃木県在住。映画とアイスホッケーとロックを愛する、転がり続けるミドルエイジ。バブル世代の残党として「エムザ」を名乗る。共著に「サカサノロイ」「街角怪談」「怪談供養　晦日がたり」（エブリスタ編／竹書房文庫）など。

三石メガネ
裸眼。牧野修氏が好き。『だから君だけ、目を閉じて～彼女の遺書と君の嘘～』（電子書店にて分冊版配信中／DeNA）『猫はよみがえる』（全三巻／講談社）の原案ほか、共著に『禁足怪談　野晒し村』（竹書房文庫）など。

三塚章
怖い話を書いているが、霊感はまったくない。ホラーやミステリーの小説を読むのが好きだが、実はファンタジーも好き。共著に『街角怪談』『禁足怪談　野晒し村』（竹書房文庫）

街角怪談　噂箱

2019年1月28日　初版第1刷発行

編者　エブリスタ
著者　閼伽井尻、ガラクタイチ、さたなきあ、
砂神桐、東堂薫、松本エムザ、
三石メガネ、三塚章

カバー　橋元浩明（sowhat.Inc）
発行人　後藤明信
発行所　株式会社　竹書房
〒102-0072　東京都千代田区飯田橋2-7-3
電話03-3264-1576（代表）
電話03-3234-6208（編集）
http://www.takeshobo.co.jp
印刷所　中央精版印刷株式会社

定価はカバーに表示しています。
落丁・乱丁本は当社までお問い合わせ下さい。

ISBN978-4-8019-1737-8 C0193